Albrecht von Bonstetten

Eine gründliche und wahrhaftige Beschreibung von Sankt

Meynrhats Leben

Albrecht von Bonstetten

Eine gründliche und wahrhaftige Beschreibung von Sankt Meynrhats Leben

ISBN/EAN: 9783743612099

Hergestellt in Europa, USA, Kanada, Australien, Japan

Cover: Foto ©Raphael Reischuk / pixelio.de

Manufactured and distributed by brebook publishing software
(www.brebook.com)

Albrecht von Bonstetten

Eine gründliche und wahrhaftige Beschreibung von Sankt

Meynrhats Leben

...audis dicriuendu · peruda mi · d · ...ro nobis gallus anne beduit u

magistro no potuit quia de illi tangere nros lancre o ...

...8 · nr · d · Inlti rdrd · R · ...la la gallus ...trdno ...iii...

Ein grundtliche vnd

warhafftige beſchrybung vonn Sanct Meynrhats Läben / des Heiligen Einſydels / Auch von der Heiligen Walſtat vnſer lieben frowen / der Müter Gottes Marie zu den Einſydlen da S. Meynrhat gewonet vnd ermürt worden.

Gaſſner

S.   Meinrade.

Dem guthertzigen

Christenlichen Leser / zu fürderung sines
Christlichen furnemes wündscht F. Huldrich wyt-
wyler Conuentual vnd Pfarrher zu Einsydlen/
die gnad Gottes/vnd vil gluck vnd heyl.

Lieber Christlicher Läser /es solle dich billich nit wun-
der nemen/warumb die alt/ algemein heilig Christen-
lich Kirch neben vnd bey dem wort Gottes / auch das
leben vnd werck der Heiligen / den menschen zu einem byspyl
recht/Christenlich vnd Euangelisch zeläben/vnd nachzefol-
gen/furstelt. Dann das nit newlich / sonder von alten harko-
men// vnd je vnd alweg von welt har/gebrucht worden/ist
auch vilen zum höchsten nutz erschossen / vnd zu Seel vnnd
lybs wolfart gedient/ Dann sy da durch im stiffen waren
glouben befestiget/in stäter hoffnung gesterckt/ in der liebe
Gottes inbrunstig/ vnd zebekerung auch besserung jres le-
bens gefürt worden. Das erwysend vnd zügend des Alten
vn neüwen testamens gotzforchtige/frome hailige personen
welche in der zyt der not vnd trübsal auch kleinmücigkeit/zu
sterckung vnd trost/die exempla der alten patriarchen vnnd
propheten ingefürt vnd furgestelt habend. Wie dann ge **Iudith. 8**
lesen wird Judith am viij. Cap. Da ermanet die dapffer Hel-
din Judith/die verzagten Priester des alten Gesatz/wie sy sol-
lend das gemein volck trösten/vnnd jnen die alten Väter /
Abraham/Isaac/Jacob wie sy auch angefochten/vnd ver-
sucht worden/furhalten/Also hat auch der vnverzagt Ma- **1.Mach. 2**
thathias sine sön tröst/das sy sollend ingedenck sin/der red-
lichen thaten/ der Elteren/ wie sy sich gehalten habend in
der zit der anfechtung /allegiert/ jnen zu tröst/ Abraham/
Joseph/Josue/Dauid / vnd andere meer/dan Gott hat offt

A ij darumb

darumb laſſen die ſinen angefochten vnd verſucht werden/
damit die nachkomende ein byſpyl der gedult vnnd zuflucht
Tob. 2 Gottes hettend/ wie dann Tobie zuſehen / Der dultig Job
Job. 17 bekent Gott habe jn zu einem ſprüchwort vnd byſpyl vnder
die menſchen geſetzt. Eccleſiaſticus beſchribt von dem xliiij.
Eccle. 44 biß vff das L. Cap. die herrliche eherliche vnnd berümbten
thatten der alt vetter/ one zwyffels zu vnderweyſung vnnd
Iohan. 14 ebenbild. Ja Chriſtus der recht weg/ die warheit vnnd das
leben/ auch Exemplar aller menſchen ſpricht ſelber/ Ich hab
Iohan. 13 euch ein byſpil gegeben/ das jhr thuend wie ich euch gethon
Mat. 5 hab/ Aber jedoch wie er ſine Apoſtolos wolt tröſten/ ſo halt
er jnen für/ die abgeſtorbnen Propheten die auch vervolget
Iacob. 5 vnd durchechtiget worden. Jacobus der Apoſtel ſpricht/
Nemend zum Exempel/ des böſen vßgangs/ vñ der langmü-
tigkeit/ vnd der arbeit/ vnd der gedult/ die Propheten. Pau-
Heb. 11 lus beſchrybt auch daß leben vnnd werck der alt vetter/ vnd
was die Heiligen vmb glaubens willen erlitten/ meldet vns
der anderen/ das etlich ſigend vmbhar gangen in ſchaffhü-
ten/ vñ geiß felen mit mangel/ mit angſt/ mit quelung/ deren
die welt nit werde war vnd ſind jrr gangen/ in den wüſten/
vff den bergen/ in den klufften vnnd lecheren der erden/ etc.
Allein one allen zwyffel zu einem byſpil vnd anzeigung auch
befeſtigung eines waren würcklichen glaubens/ etc. Diſer
Philip. 3 Paulus wil auch das wir ſine nachvölger ſigend / wie er ein
nachfolger Chriſti/ vnd ſehend vff die welche alſo wandlent.
Diewil dann nun diſe/ ſo ſelbs ein Richtſchnur/ Spiegel vnd
recht waar ebenbild der menſchen geſin ſind/ vnd deßhalben
ſich ſelbs wol hettend mögen zu einem Exempel darſtellen/
vnd aber doch andere ſo vor jnen im alten geſatz gelebt/ zu
tröſt ſterckung vnd beſſerung furgeſtelt. So wirdts mines
erachten/ zu diſen vnſeren betrübten vnd verfüriſchen ziten
noch vil mer von nöten ſin/ das wir der Heiligen Fromen/ al-
ten Gottes dieneren (ſo nach dem neuwen Euangeliſchen
gnadrichen geſatz gwandlet) leben/ ſterben/ thun vnd laſſen
fur

für augen stellend / vnnd vnß als in einen luteren Spiegel
darin ersehend / Diewil doch leider/vnder däusigen kum ei=
ner erfunden wirdt der da ein recht war Euangelisch exem=
pel/worten vnd wercken halben füre/wie aber die liebhaben
de Gottes Heiligen in allen vff das flissigist bewisen vnd er=
zeigt hand/Derhalben sind wir jro exempla deß dernotwen=
diger / so ver wir jedoch ein rechten waaren Christenlichen
vnd Gotgefelligen wandel begerend zu volfüren/ vnd endt-
lich selig zewerden.   Dann gewüßlich findt man by jnen ein
rechte ware form Euangelisch zuleben/ Auch daby kan man
abnemen verston klarlich sehen vñ griffen/wie die so sich jetz
Euangelisch zusin rümend vnd stäß das euangelium vff der
zungen vnd Ermlen dragend/so gantz vnd gar vnglich dem
rechten waren alten Euangelio nach läbend/Dann je meng
klichen zuwissen das das Euangelium fürnemlich den glau=   Iohan. 20
ben in Christum erforderet/wie Johannes anzeigt dise ding
sind geschriben das jr gloubend/etc. Item thund büß vnnd   Marci 1
glauben dem Euangelio/darnach leres vns die liebe Gottes
vnd des nechsten /on welche der glaub krasseloß wie Paulus
bezügt/j. Cor xiij. Item das Euangelium lert das man recht   Tit. 2.
gotsellig / andechtig /zuchtigklich/gedultig/ in betten/ faste   Luc.18. 𝔶
wachen/vñ in anderen Christenlichen wercken vnd übungen   Mar: 6
lebe.Item wie die sund /wollust/zeitlicher bracht/ eher / gut/   Luc.5. 21
vatter vnd mutter zuuerlassen vnd Gott anhange / vnd syn   Iacobi 5
rich suche. Dermassen aber habend die Heiligen durch Got=   Matt 14
tes hilff jr leben volfurt/ wie dann klarlich in disser Sanct   Matt.19.4
Meinradts auch anderen Heiligen historijs zuerwysen ist/   Act.14
Dann sy wol gewüst das ein rucher harter enger weg ist der
da fürt zur säligkeit vnd das rych Gottes/durch vil trübsal
müsse erlanget werden vnd gewaltlyden. Sy habend sich
nit liechtlich lassen bereden das es gnug sige am wissen / sun=
der gloubt wie Christus anzeigt/ So jr dise ding wissend se=   Iohan.13
lig werden jr sin so jrs thun werdend. Item am zuhören nit
gelegen / sonder sälig sind die welche das wort Gottes hö=   Luc.11

A v   rend

rend vnd daſſelbig behaltend vnd volbringend. Item am ſa
gen vnd ſchwetzen nit/ ſonder der da thut den willen des vat

Matt. 7 teres der im Himel iſt/ etc. Dann das lob vnnd eher der tuget
ſtat nit in der erkantnuß ſunder in der wirckung   Darumb
iſt von nöten das man die Heiligen als Euangeliſche werck

Matt. 5 furſtelle/ damit vn̄ jre gute werck (wie Chriſtus anzeigt) vor
den menſchen ſcheinend/ vnd Gott glorificiert von welchem
alles guts vnd wolkomenheit harkompt/ vn̄ wir gebeſſerend

Tob. 12 werdend. Die heimlichkeit des Königs (ſpricht der Engel)
iſt gut zuuerſchwigen/ die werck aber Gottes offenbaren vn̄
loben iſt eherlich / dan vß demſelbigen wirdt Gott (als wie
auch ein jetlicher kunſtricher meiſter in ſinem werck) geprÿ

Galla. 1 ſen wie zuſehen im Paulo da er ſpricht/ vnd ſÿ priſend Got in
mir. Wie kan man aber Gott in ſinen heiligen/ wie auch Da

Pſal. 150 uid wil prÿſen loben vn̄ eheren ſo nicht von jnen weder munt
lich noch geſchrifftlich anzeigt wirdt/ vnnd derſelbigen ge
dechtnus by vilen nit mergehalten/ vnd doch die Götliche
gſchrifft heiter erwÿſt das der gerechten gedechtnus werde
in ewigkeit bliben vnd verkündt werden/ dann ob glich jhr

:cleſi. 44 lyb im friden begraben / ſo lebend doch jr Namen ewiglich/
dann ſÿ ſind in das Buch der lebendigen ingeſchriben/ Dero
halben jr wÿßheit ſollend alle völcker verkunden vnd jr lob
die gantze gemein. Vn̄ vff das alſo Gotes lob/ ehere gemeret
vnd ſine vnvßſprechliche gnaden vnd wunderwerck/ ſo er in
ſinen Heiligen bewiſſen / geoffenbaret werdend / Auch der
glichen damit wir vnſer läben deſterbas richtend vnſer man
gel/ breſten vnnd vnvolkomenheit / deſterbaß ſehend/ vnnd
recht warhafftig Euangeliſch lebend/ den glauben zierend/
auch leſtlich zur beſſerung vnſers leben gefurt werdend. So
iſt der hochwirdig Fürſt/ mein gnediger Herr/ Abbte Joachim
des Gotzhuß Einſidlen/ vß götlicher liebe vnd yffer / auch
zu nutz vnd wolfart der guthertzigen gloubigen Chriſten/ be
wegt worden/ abermalß S. Meinrade des Heiligen Einſid
lers vnd Martir Chriſti biſtorj ſampt der gnadrichen Wal
ſtat

Vorredt.

ſtat vnſer lieben Frawen Cappelle vrſprung vnd harkom̅ens/mit beſſerer Ordnung/fliß vnd ernſt/ vom gantzen grund dan vormals in drucke zefertigen/laſſen. Zu welchē werck/der Erenueſt vnnd hochgelert Herre Egydius Tſthudi alt Landtaman von Glaris nit wenig verhülfflich geſin/ der dann wie menigklichen wol zewiſſen in geiſtlichen vnd weltlichen Hiſtorijs/ auch vralten warhafftigen Cronicken etlicher Gotzhüſer/ vß welchen diſe hiſtorj gezogen/ gentzlich gegrundt/vnd erfaren. Vnd damit niemands zwyffle vnd fur ein erdicht fabelwerck halte ſind zit/ jar vnd tag hierin geſetzt/Dan zu diſer zit vil menſchen alle geſchichten/ ſo die Eer Gottes vnd das Leben der Heiligen/ betreffend fur lugenden haltendt/vnnd vil lieber heidiſche/ verfüriſche hiſtorias oder fablen/ die meer von Gott abzůchend dann zu jm furberend/ leſend allein darumb das dieſelben fleiſchlich/ weltwiß/ hochtrabender worten/ diſe aber Einfeltig/ andechtig/ vn̅ geiſtlich beſchriben/ Vnd diewil ſy dan alſo fleiſchlich/weltlich/mutwillich/jrdiſch/ vichiſch ſind/ ſo verſtand ſy nit die ding/ welche des geiſt ſind/ haltend für ein geſpött thorheit vnd vermeinend jr leben ſige ein vnſinnigkeit/vnd jr end ſige vn eher/ wie auch Paulus meldet/ wir ſind narren worden vmb Chriſti willen/ Dann wir ſind nit in fleiſchlicher wißheit/ welche iſt ein thorheit by Gott/ ſonder in der gnaden Gottes gewandlet/ derhalben diewil ſy nit der welt nach gelebt vn̅ von der welt nie ſind/ ſonder Got hat ſy von der welt erwelet/ ſo haſſet ſy auch die welt. Sihe aber nun jetz ſpricht der wißman/ Wie ſind ſy vnder die kin der Gottes gezelt? Wie hat ſy Got ſo faſt geeheret? ſagt Dauid/ Sind erben Gottes vnd miterben Chriſti. Wo er iſt da wil er das ſy auch ſigend/ etc. Alſo kerend ſy Göttliche vnd weltliche ding ins widerſpil was die welt groß vnd herlich acht/das iſt vor Gott nichts/was ſy veracht das wird von Got hoch gehalten vnd herfur zogen/vnd wie Chriſtus ſagt Was hoch iſt vor der welt/das iſt ein gruwel vor Gott. Vn̅

darumb

Iohan. 14
1.Cor. 2
Sap. 5
1.Cor. 4.
1.Cor. 1
1.Cor. 3
Ioh. 15. 17
Pſal. 139
Rom. 8
Iohan. 16
Luc. 16

darumb ob glich/wol die welt solliche trüwe diener vnnd
nachvolger Gottes ent vneret/ schmächt/verachtet/vnd ver
Matth.5 volget/wie dan auch Chriſto beſchehen / Jr freud wird nun
deſter gröſſer vnnd überfluſſiger in ewiger ſeligkeit. Von
diſem jeȝmal gnug. Demnach fründlicher leſer wirſt auch
hierin den grundelichen vnd waarhafftigen bericht orden-
lich ſinden/wie Gott von hinel ſampt ſinen Englen die hei-
lige gnadriche Walſtat vnd Cappel vnſer lieben Frawen der
Muter Gottes zu den Einſydlen ſelber gewicht habe in ge-
genwurdigkeit vil gloubwurdigen perſonen / auch wie die
ſelbige Göttliche vnd Engliſche wychung beſtettiget wor-
den ſampt den Gnaden vnd Ablaß der ſunden/ ſo alda den
büſſfertigen mitgeteilt werdend vom Bapſt Leone dem ach-
ten/vnd anderen heiligen fromen Bäpſten gegeben. Vnnd
wiewol ſolliche beſchribung vnnotwendig were dan diſe wal
ſtat (von wegen der groſſen Mirackel die alda teglich durch
das furtreffenlich fürbit der hochgelobten gnadenrichen
Junckfrowen Marie der Muter Gottes beſchehen) vor
etlich hundert jaren verrümpt vnd vßkündt worden. Aber
diewil der leidig Satan nichs was ze lob vnd Eher Gottes
auch den menſchen zu wolfart reicht vnverſucht vnd vntad
let laſt bliben/ ſonder vnderſtat alles wie ein woutiger Löw
zerriſſen vnd zeruck ſtoſſen / ſo iſt man verurſachet worden
den gantzen Proceß grundtlich hierin zeſtellen/ wasſich mit
der heiligen Walſtatt vnd Cappel zutragen habe/ Damit
geſehen werde das man nit mit lügenhafftiger beredung vn
blendung (wie etliche gotzloſe menſchen freuentlich mel-
dend) ſonder mit grundtlicher waarheit vnnd wiſſen vmb-
gang. Vnd warrlich were ſich höchlich ab ſollicher armet ſe-
ligen menſchen vermeſſenheit vnd frechheit / auch vngrunt
licher widerfechtung zuerwunderen/ (Wann Chriſto vnd
ſinen worten ſelber nit widerſprochen wurde) wie ſy doch
den gotzſeligen Heiligen fromen warhafftigen männer die
ſolich wunderwerck Gottes ſelber geſehen/vnd gehört/deſſe
halben

hälben wol habend mögen reden vñ zügen nach anzeigung
Christi / Auch von Papst Leone / König Ottone vnnd an=
deren Fürsten vnd Herren meer warhafftigklich erkent/vnd
bestettiget worden/widerfechten dörffend/ vnd doch sy wo=
der darby noch damit gesin weder gesehen noch gehört/vnd
zubesorgen nimer meer so selig / from vnnd Heilig/ das sy
sölche auch andere derglichen wunder werck Gottes / hö=
ren oder sehen werdend.   Darzu ist zuerbarmen das sy nit
allein blind sind vnd götliche wurckung nit kündend noch
wellend sehen/sonder auch vnderstand andere gotselige gleu
bige menschen/über das so geschehen/griffen vñ durch täg=
liche erfarnuß erwysen wurde blind zemachen / Dann wer
weißt nit / oder wil nit wyssen? wie doch so menchem be=
schwerten bekümerten betrüten vnd bresthafftigen menschē
so in rüwen dise Walstatt besuchend / an seel vnd lib/ ougen
scheinlich durch Gottes gnad vnd Marie fürbit/ gehulffen
wirdt? Wie dan zusehen in etlichen Mirackel welche hierin
zubewerung der warheit gestelt sind (Dann alle uffzuschri=
ben were kum möglich/nach vil weniger in truck zugeben)
Durch welche nun man zwar wol kan verston vñ abnemen
das alda Got in sünderheit wurckē vnd jme dise Walstatt
zu lob vnd ehren auch Marie der Heiligen Jungfrowen/
besglichen den bedürfftigen menschen zetröst vßerkoren ha
be/ Ja dermassen das man mit Jacobo dem Patriarchen als
er zu Bethel vom schlaff erwachet/wol sagen darff/ Gewüß
lich ist der Herr an disem Ort/wie forchtsam ist dise Statt/
es ist hie nuzit anders / dan ein huß Gottes / vnd ein thor
zum himel.   Vnd wiewol niemandt widersprechen kan / vñ
das grundtlich war ist/das Gott an allen enden ist/vnd das
Erdrich vol des herren Barmherzigkeit/gewalt vnd macht
ist/vnd wird an keinem sonderbaren Ort ingethon / oder be=
schlossen/der so alle ding erschaffen hat/Doch wurcket er nit
glich durch sich oder sine Heiligen an allen orten/dann an
einem ort bewist er gnad die er ane anderen nit erzeigt.

Iohan. 3

Gen. 28

Psal. 32

B   Jm

Vorredt.

Im Tempel zu Hierusalem wolt Gott nach beger. Salomo
nis/die bettenden/fremb vnd heimsch erhoren nach irra an=
ligender not vnd alweg soltend sin hertz vnd ougen daselb=
offen sin/ wie dann klarich findest iij. Regum viij. ix. vnnd
ij. Paralip vij. xx. . Disse Frybeit vnd gnad ward nit allen or
Tob. 13 ten geben / Aber hie von kürtze halb/ besich weiter Esa. am
Psal.28.2.9. xxxvj. Hierem. am vij Agg. am j. vnnd ij. j. Machab. am iiij.
5. 98 Math. am xxiij. Jtem was besondere krafft vnd priuilegiū
Esa. 27 die Schaff wetti für andere wasser gehept habe besich Jo
hannis v. Desglichen wie Gott selber ein ort für das ander
furtreff licher vnd heiliger halte findest Exodi iij. Lutet al=
so/ Gott rufft Moysi vß dem brinnenden busch vnd sprach/
Trit nit hiehar/zúch dine schúch ab von dinen füssen/ dann
das ort da du vff staast ist ein Heilig Land / diß geschach
Iosue.5 vff dem berg Sina. Also ist auch Josue gegnet zu Jericho/
Esaias spricht auch/ Si werden anbetten den Herren vff si=
Psal. 131 nem heiligen berg. Jn Jerusalem. Der psalmist beuilcht
vnß das wir sollend anbetten an dem ort da des Herren füß
gestanden sigend/ Die Euangelisten vnd alle geschrifft ne=
mend Jerusalem ein heiligen Statt. Christus der herr hat
dem Tempel zu Jerusalem so vil eheren zu geben/ das er den
Matth. 21 selbigen da er die keuffer vn verkeuffer hinuß tribe/sines vat
Luc.19 ters huß genant hat/ Jst aber nun die gantz welt nit auch
Hie:23:52 sin Huß? Da er spricht/ Jch erfulle Himel vnd erden der Hi=
Esa. 66 mel ist min Stůll/vnd die Erde ist der füßschemmel miner
füß. Dennoch nempt Christus den Tempel sines vatters
Gen. 31 Huß/vff ein besondere wiß. Als wie auch gelesen wirdt Gen.
Exod.25 xxij. Da redt Got zu Jacob/ Jch bin der Gott zu Bethel
da du den Stein gesalbet hast vnd wir daselbst ein gelubt
gethan/ Merck hie ob glich Gott in allen orten ist / noch
spricht er/ Jch bin der Got zu Bethel/von wegen das er sich
insonderheit erzeigt hat vnd daselbs gesin wie Jacob bekent.
Glich wie auch im Tempel zu Jerusalem vnd selber begert
an die kinder von Jsrael/das sy jm ein Heiligthumb machen
damit

Vorrede.

damit er vnder jnen wonete. Also spricht man Vnsere lie
be frow zu Einsydlen / zu Loreta / S. Jacob in Gallicia /
vnd weißt man dennocht wol das vnsere liebe frow / S. Ja
cob. diser vnd jener Heilig zu welchem man wallet im Himel
sind / vnd jr gnad erwerbung allenthalb / doch an einem ort
meer dan ain anderen. Man spricht zu vnser lieben frowen
zu Einsydlen / Nie zu vnser frowen Bild gen Einsydlen / dan
man nit dem Bild / sonder Marie zu Eheren / die Walstatt
besucht / Man rufft auch nit das Bild an vmb furbit / trost
vnd hilff / gegen Gott zuerwerben / sonder Mariam die mut
ter Gottes / vnd wird auch an allen orten / es sige zu Ein
sydlen / Loreta / etc. ein einige Maria Gottes Mutter geeret /
vnd angeruffe / Glich wie auch ein einicher Gott / in allen or
ten / ob glich wol er sy genamset hat er sige der Gott zu Be
thel / etc. Nun vß dissen vnd anderen verglichen göttlichen
geschrifften / welche ich kurtze halb vnderlaß / kan man klar
lich verston / das es nit neuw ist / auch der Heiligen geschrifft
nit zewider / sonder gemeß / vnd je vnd allweg von welt harr
gebrucht worden / Das man vmb ettlicher wunderbarlicher
würckung Gottes willen ein ort Heiliger halt / als das an
der / vnd ein ort meer als das ander von Gotseligen menschē
besucht wird. Vnd solichs bezeugend vnd erwissend auch
die Heilige lerer / welcher sententias bericht vnd meinung /
von wort zu wort inzufüren wurde zelang / So aber jemantz
von Walstetten / walferten zwyfflen wolte / der lese nur
Chrysostomū Homelia Lxvj. Ad populum. Tomo iiij. Item _xxv. wun_
in caput ad Ephe. 4. Hom. 8. Item Augustinum Epist. 137 ad _derzeichen_
Clerum & Populum Hipponensem. auch de Ciuitate Dei _beschribt_
lib. 22. cap. 8. was wunderzeichen das Heilig ertrich an frem _August. in_
den orten gewürckt habe / so von Jerusalem tragen / desse _selbigē ort_
auch Naeman in Syriam gefurt. Item Eusebium Cesarien
sem Eccle. histo. lib iiij. cap. v. Item Basilium Mag. in Ju- _4 Reg. 5_
liā Martirem / vnd andere meer. Diewil dann nun Gott
solliche hilffliche wunderzeichen durch sine Heiligen an son

derbaren Walstetten gnedigklich erzeige/warumb woltend
wir sin gnad nit danckbarlich annemen/vnd an die ort mit
andacht walfert wolbringen/vnd alda jm vñ sinen Heiligen
lob vnd pryß verjechen durch vnser demütig vnd jnnig ge=
bet. Diewil wir jedoch auch wissend Christum vnsern Heil
land offtermalen an ölberg gangen gen betten vnd vil ma
len von wittnuß vß dem Gallileischen land vff die festzit gen
Jerusalem gerist/vnd allweg den Tempel geheimsucht/Des
gleichen sich/sampt sinen jünger jnsonders geflissen vff die
festag gen Jerusalem in tempel zekomen/ Was ist solliches
anders dann walfert zu den Heiligen walstetten gewesin.

Act. 18. 20 Zum dem hat auch Paulus glübten vñ walfarten than gen
21. 24 Jerusalem/ wie dan geschriben statt Acto. rviij. rr. rrj. vnnd
rriiij. cap. spricht er/ Jch bin hinvff gen Jerusalem komen
anzebetten/ vnd hab gebracht ein almusen meinem volck/
1.Cor. 7 vnd ein opffer. Diser Paulus wil oben auch das die eheleut
sollend von einanderen nit abwychen/ es sig dann mit bey=
der verwilgung/ein zit lang/das sy sich zum gebet schicken
etc. Durch walfert mag solche absönderung etlicher zit dem
gebet zulieb wol geschehen. Darumb wil ich alle Christen=
liche Bilger die walfert vnd Heilig stett besuchen wollend/
vff das flissigist ermant vnd gebetten haben/ das sy das vff=
richtend/ darumb angesehen namlich vmb betes/andacht/
buß vnd libs vestigung willen/vñ mit rechtem waren affect/
hertzen vnd willen vnd im geist Gott anruffend/ Dann das
Iohan. 4 gebett nit an die walstet/ oder sonders ort gebunden/ son=
ders muß das vß warhafftigem ernst vñ inbrünstigem geist
geschehen/ sig wo es well. Derhalben Hieronymus ad Pau
linam de Institutione Monachi spricht/Das ist nit sonders/
hoch zuloben so einer zu Jerusalem gewesen/ wo aber einer
sich zu Jerusalem wol gehalten hette, das sol man loben.
Also ist auch nit höchlich zuloben zu Rom/ Einsydlen/ Lo=
reten/ s. Jacob in Gallicia gesin/ vnnd aber nit nach Gott
sich gericht haben/vnd weder andacht noch liebe Gottes/
auch

Vorredt.

auch nit das fürbitt der heiligen zu den man walfert/ tribt.
Darumb zubeforgen das follichen verruchten / vnbußfertiͤ
gen die wallftat oder walfart wenig werde nützen. Dann
die gnad Gottes/ an folichen walftetten nit lenger blibt/
noch Gott alda wunderzeichen wurcket/ dann als lang die
heimfuchenden auch das volck / fo daby wonet/im rechten
waren ftiffen glauben in gottforcht/ in der liebe Gottes / in
zucht/ fich fliffigklich fchickend vnnd haltend / wie dann zu ᛁ Matt 13
fehen Matth.xiij. Marci.viij. ftatt gefchriben/ Vnd Er thet ᛁ Marci.8
in finem vatterland/ verftand Nazareth/ auch in der gegne
Dalmanuta nit vil zeichen vmb jres vnglaubens willen/ etc.
Wie Gott den Tempel zu Jerufalem / hoch gebenedyet hab/
vnd alles fo Salomon von jm begert der anrüffenden halb/
verfprochen zubeweren / findeft iij. Reg. viij. ix. etc. Aber
jedoch nach werg/ wie das volck fo fündtlich vnd lafterlich
gehandlet vnd jnen felbs alweg zeglauben gabend die Wal-
ftat vnd heimfuchung des Tempels fols jnen alles abnemen ᛁ Ieremie. 7
was jedoch thetend/ künd jnen Got folchs durch Jeremiam
abnemen.

Alfo redt der Herr der Got Ifraels / Befferend euwere
weg vnd radtfchleg / So wil ich euch an diffem Ort wonen
laffen/ vertröftend euch nit vff lügenhafftige falfche wort/
das jr fprechend welend/ der Tempel des Herren/ der Tem-
pel des Herren/ der Tempel des Herren ift hie / Dann fo jhr
euwere weg vnnd radtfchleg befferend / So wil ich euch
an diffem ort wonen laffen / etc. Aber jhr verlaffend euch vff
euwere radtfchleg/ die euch betriegend vnd kein nutz brin-
gend/ dann fo jhr geftollen/ zetodt gefchlagen/ ehegebrochen
meineydt gefchworen habend/ etc. So komend jr vnd ftond
vor mir im difem Tempel/ dem min nam geben ift/ vñ fprech-
end/ Ey wir find fchon entlediget vñ fry/ ob wir jedoch fchon
die Miffethaten al gethon habend / wie das? Meinend jhr
dann das dis huß fo min nam hat / ein mörder grub fige?

Da höre zu / was zu einer erfchiefflichen Walfart diene/

B iij   namlich

Vorredt.

namlich beßerung vnd beſſerung des lebens/rüw vnnd leid
der ſund /. guter furſatz/ betrieglliche lugenhafftige jtel
falſche wort vnd werck vnd. vnnütz geſchwetz ſollen wir biß
dan ſyn. So ferr man dann dergeſtalt die Walfart vßricht/
ſo wird Gott kein mißfallen ſunder ein wolgefallen vnd ein
freud ſampt ſinen Englen im himel haben/vñ ein jetlichen
nach ſinem anligen vnd Bett / wo ferr es beſchicht in einem
waren ongezwyffleten glauben erhören vnd geweren.

Derhalben vnſere Chriſtenliche alt vorderen/wann ſy zu
einer heiligen Walſtatt oder heiligen gewallet/habend ſich
nit im ſehen der Cappell vnd Münſter (wie jetzmal etwan
beſchiche)gnügen laſſen / ſonder Gott vnd dem Prieſter ge=
bychtedt/auch mit groſſem ernſt vnd andacht darzu / vnnd
daruon gangen/ſich innigklich gefrewt vnd tröſt der groſ
ſen Gnaden vnd Abblaß / ſo alda den büßfertigen geben/
Ja von Schuldt pin (nach verlichnem gewalt.) abſoluiert
zuwerden.

Leſtlich zu einer warnung iſt nit minder wo ſoliche heil
lige Walſtet oder walfert in zucht vñ eher/nit gehalten wer
dend/ſo kan Gott die gnad bewyſung/ſo er ſonderen Wal
ſtetten geben wol entziehen / vnd dargegen andere Ort vnd
Walſtett/ſiner begnadung vff richten / wie offt meer ge
ſchehen/ſo Er erzürnt ward/vber die ſo in ſunde verrüchtlich
erſoffend / vnd ſine heilige Wallſtet verachtetend. Wie vil
heiliger Walſtetten ſind in Aſia / Affrica / Europa geweſen
da Gott groſe zeichen gewurckt/ die all zergangen/vñ Gott
ſin gnad da dannen entzogen / vmb jres lawen zenckiſchen
glaubens vnd gotloſen weſens wegen/ welche ſtuck leider by
vns Teutſchen/auch wollend vberhandt nemen/Dann wem
iſt leider nit zuwiſſen / wie vil groß verachtung/vneher/vn
zucht)tratz/ müttwillen /etc. den heiligen Wallſtetten be=
wyſen werden.   Wie aber Gott ſolliche verſpötter / ver=
achter/enteerbrer heiliger walſtetten vnd gebett hüſer ge
ſtrafft habe/iſt mengklichen durch die geſchrifft vñ geſchicht

Vorredt.

gnugſam kůndtbar. j. Reg. v. vnd vj. Pſalm. 7s. Eſa. 63. & 64
Ezech. 22 & 2s. Daniel. 11. Aggei 1. & 2. Malach. 1. Math. 21. Mar
ci 11. Luc. 19. Iohan. 2.   Darumb laſſend vns nit jrren/Got Gala. 6
laſt ſich nit verlachen vnd betriegen / dann alle ding biß vff Eccle. 3
ſin zitt/ Hat Got den Juden nit verſchonet / ſo ſin vſſerwelt
vnd zarte ſchoßzwy geweſen /wie vil minder wurdt Er vns Rom. 11.
ſer (ſo wir vns nit bekerend) verſchonen/die Er vns Wilden
ſchoß zwyen / in ſin gnad vß erbärmbd angenomen vnd ge-
pflantzet.   Diß ſoll von allen der Chriſtlichen meinung/
von mir verſtanden werden / vnd empfangen werden/deren
ich es gethon hab/   Hiemit Chriſtlicher leſer vnd andech-
tiger Bilger welle dich Gott in ſinen ſchutz vnd ſchirm be-
waren/ vnd laß mich in dinem gebett gegen Gott beuolhen
ſin .   Datum zu Einſydlen / vff Johannis vnnd
Pauli der heiligen marterer tag/ Im jar
nach Chriſti geburt/

1 5 6 7.

Ein grundtliche

vnd warhafftige beſchribung von S. Meinrhadts
Läben des Heiligen Einſydlers/auch von der Heiligen Wal
ſtat vnſer lieben Frawen der Mutter Göttes Marie zu den
Einſydlen da s. Meinrhadt gewonet/vnd ermürt worden.

Sanct Meinrhads harkomens
vnd wannen Er geboren.

c

S. Meinrhadts

Sanct Meinrhadt ist Graff Bertholds von Sulgen
(so an der Donaw ligt) ehelicher Son gewesen. Sin vatter
was eines wolgebornen harkomens/aber an zeitlichem ver=
mögens nit rich/sonder meer an tugenden vñ Gottes forcht
s. Meins Hat auch vil kinder die must er in Clöster vnd sonst versehen
rhats ge wie er mocht/s. Meinrhadt ist geborn zu den ziten deß groß
purt Anno sen Keysers Caroli Magni/ im jar als man zalt von Christi
Dñi 8 0 5. geburt 8 0 5.

Wie s. Meinrhadt in das Goßhuß Richenaw
gefürt vnd angenomen.

Lebenn.

Vnd als s. Meinrhadt ietz fünff jar sines alters ervol-
let hat / fürt jnne sin vatter in die Jnsel Sintlachsow / die
man jetz die Richenow nempt / so ein Jnsel in dem Rhine ist
zwäschen dem Boden See vnd Zeller See / durch welche beid
der Rhin flußt / in welcher Jnsel ein namhafft Kloster ist /
vngefarlich 4000 klaffter vnder der Statt Costentz herab.

Dises Klosters (so man die Richenaw nempt) Abbte
Hetto genampt / was Graff Bertholds nechster blutzfreund
von siner mutter vnd was ein Conuent herr daselbs Erles
baldus genampt / des knaben mutter Bruder / der Abbte
nam den knaben in das Gotzhuß / vnd Erlebaldus hielt jnne
by jm / ließ jn das A b c lernen / vnd pflag sinen als eins
kindes / wiewol er nit kindische gebärd an jm hat / dann er
von kindheit uff alweg alle weltliche freud verachtet vnd
ernsthafft was vnd flissig in der kirchen / Er was glitzig stu-
diert gar wol. Dero zeiten starb Keyser Carolus Magnus
nach Christi geburt 814/ uff den 28. tag Jenners. Vnd wie
s. Meinradt mit hin uffwuchs / hatte er alle sine begird in
der heiligen geschrifft / vnd in den heiligen Lereren zulesen
insonderheit (wie die gesta der Richenow klarlichs bewis-
send) hat er den uralten Lerer Johannem Cassianum gele-
sen / so vnder anderen sinen schriben auch dry Bücher
gemacht hat / De habitu Monachi / et de Canonico oratio-
num atqp Psalmorum modo. Desgleichen find man auch in
denselbigen Gestis / das s. Meinrhadt hab jm selbs / das alt
vnd new Testament geschriben. ußgenomen die Propheten
Da hat er begert an die anderen sine mitbrudern / das sy die
selbigen schribtend. Also ward jm der Orden s. Benedicts
(den das Kloster halt) angelegt / vnd im xx/ jar sines al-
ters ward er Euangelier / vnd vnlang darnach priester. das
geschach zu den ziten als Keiser Ludwig der erst / des groß-
sen Keisers Caroli seligen sone regiert. Anno domini 825.

Nunn fügt sich das Abbte Hetto (der auch Bischoff
zu Basel was) starb / Als man nach Christi geburt 830/ jar
zalt

Der Richenow gelegenheit.

Abt Hetto

Erlebaldus Conuent herr der Richenow.

s. Meinradts art in siner kindheit.

Carolus magnus stirbt 814

s. Meinradts studium.

s. Meinradt wird zu einem angelier gewicht.

Keiser Ludwigen regierung 825.

C ij

zalt/vnd ward der obgenampt Erlebaldus der s. Meinrad
ten erzogen hat ze Abbte in der Richenowe erwelt.   Nun
was ein Klösterlin an dem Zurich See zu Oberbollingen ge
nampt/ob Jona gelegen/ das gehört vnder das Goßhuß zu
Richenow/ vnnd warend zwölff Münch darinne (etliche
sprechend dasselbig Klösterlin sig ze Jona ob Rapperschy
wyl gewesen) die wil aber die Legendt vnd Gesta beyder
goßhuser Einsydlen vñ Richenow/den namen des Klöster
lins nit vßtruckend/ sonder allein wisend/ das es am Zürich
See ob Rapperschwyl gelegen/ vnnd aber Jona so jetz ein
Pfarkirch nit am See ligt auch kein anzeigung von gemür
hat/das je ein Kloster alda gewesen sige/ vnd aber Oberbol
lingen am See ligt vnd ein Klösterlichen infang von gemür
hat/ Darinne nach abgang des münchen Klosters Graff
Rudolff von Rapperßschwyl nach Christi geburt 1259/Jar
gezalt ein frowen Kloster vffgericht/ wie das die brieff vß
wyssend/welches Kloster auch sydhar abgangen/ vnd dem
frowen Kloster Wurmspach/ so auch ob Rapperschwyl
ligt ingelybt worden.Habend die alten geacht das zu Ober
Bolligen das gemelt München kloster gewesen sige. Dann
wüssentlich ist das der Fleck Jona/ zu s. Meinradts zitten
nit dem Goßhuß Richenow zugehört hat/ sonder ettwa
menig jar nach s.Meinrhats tod von Keiser Carolo Craß
so erstlich an das Goßhus Richenow sampt dem Flecken
Rempraten gegabet worden/wie das die Keiserliche brieff
in der Richenow vßwyssend.

S.Meinrhadt wird in das Klösterlin Ober=
bollingen zu einem Schulmeister verordnet

Nun begertend die München in dem selbigen Kloster
an Abbte Erlebaldum der Richenow jren oberen das
er jnen einen Schulmeister schickte/der sy in Leer vnd
zucht

zucht vnderwyssen thätte/Da sande Er jnen sinen schwöster
Son s. Meinrhaten/ der vnderweiß sy etliche jar in allen
tugenden.

S.Meinrhadt fart vber see jme in der Einö-
den wilde ein gelegen ort vnd wonung
zu suchen.

Vn stund jm sin sinne stäts sin Leben ettwa in einer
Einöden wilde zeschliessen vnd alda Gott zudienen.
Do ward er von dem Landtvogt bericht / das ennet

S. Meinrhats

dem See ein hocher berg were / der Egel genant / der were
wild / vnd auch hinder dem selbigen ein merckliche Einöde /
im finsteren Wald genant. Do begund s. Meinrhadt vmb
dieselbigen gelegenheit wunder / nam der Jungen Munchen
einen mit jm / fur in eim Schifflin vber den See.

Nam ein knaben der sy furt biß uff den Egel/vnd als er
erfur das im Finsteren Wald vil wilden thieren/ gieng er
deßmals nit witer/zog widerumb den berg ab/zu einem dorff
genampt zum Alten dorff so von recht Alt Rapperschwyl **Altendor**
heißt/ ob Lachen gelegen vnver von der burg genant Alten
Rapperschwyl/so man jetz zu s. Johansen nempt/daruff die
Landtherren deß selbigen Landes beyder sit steets sachend
In demselbigen Dorff was ein gotzförchtige Ryche wide-
frow/ die nöt sy in jr huß ein aber brot zu essen/vnd ein wyl
zu ruwen.

S. Meinrhadt erkündiget ob jemands
were der einem Einsydler für den grimmen
hunger handtrichung mit narung mit-
theilen wurde.

JE nun S. Meinrhadt marckt das die frow eines er-
beren andechtigen Christenlichen wandels was
Sprach er zu jhr/ Es were ein Armer priester/ der
gen

gern vff die Einöde des Etzels sin wonung alda Gott zu
dienen nemen welt / vnd vüllicht etliche Brüder mit jm / So
ver jemandts were/der jnen durch Gottes willen handreich
ung mit narung für den grimmen hunger alda mittheylen
wurd /das sagt er jhr allein in geheim.   Die Wibfrouw ant
wort jm/ wo ich ein solchen priester vnd sine mitbruderen/
an sollichem ort wissen solt die jr läben alda durch Gott ver
eeren voltend /denen wolt ich an narung kein gebresten las-
sen/ Dann mir hat Gott vil zitlichs guts verlichen / vnnd
hab kein kind /wolt das min gern Gott dienenden menschen
mittheylen. Also schyedend sy von der witfrouwen fürend
wider vber den See gen Oberbollingen in das Kloster. Nun   S. Mein-
hat s. Meinrhadt kein ruw / sin geist vnd gemüdt trachtet   ratsgemüt
stäts in die Einöde / bat Gott innigklich / das er jm inbil-   vnd sinn
den wölt/ sinen Göttlichen willen zu volbringen/ vnd als er
ein gantz jar mit sollicher anfechtung vmbgieng / vnd tag
vnd nacht kein räw hat/Begund ers wagen / für über See
zu der genanten Witfrouwen fragt sy/   Ob sy noch
des willens were/ wie er fern mit jhr geret/Sy sprach ja/do
sagt Er jhr /Er were derselbig priester/vnd vorhabens an-
gentz vff den Etzel zu ziehen/vnd alda Gott zedienen / batt
sy jrem erbüten statt zethun/vnd jme an notdurfftiger hand
bietung nit zeverlassen.   Wie nun die Witfrouw vernam
sin vorhabens sprach sy zu jm/   Lieber Herr ich besorg jr
sigend zuring eines sollichen harten lebens euch zu vnder-
winden (dann er was nit über rrvj/ jar alt) S. Meinrhadt   S. Mein-
antwort jren/ Ich hab min hoffnung an Gott gesetz/ der   rat gat vff
wird mich stercken. Vnd do sy sin stiffen fursatz sach Sprach   den Etzel
sy/ wolan verlich Gott sin hilff vnd gnad/ Ich wil min zusa-
gen erstatten.   Also gieng s. Meinrhat allein vff den Etzel
macht jm selbs ein kleines Hütlin /darin er sich enthielt/vn
die zitt mit betten/ fasten/ vnd strengen Leben verzart.

   Die Witfraw versach jn allwochen einest mit spyß/die er
zuns vnkostlichen vnd mit grossen abbruch nooß .
                        D   Vnd

Vnd als sy sach das er sich so yfferlich in Gott ergeben
hat/do ließ sy jm ein Zel in dē Walt vff dem Etzelberg machē
die man noch nempt S. Meinrhats Cappel vff dem Etzel
ist 4000/ klaffter von dem Altendorff/da die widfrow saß.

3. Meins-
hadt ist 7.
ar vff dem
Etzel gesin

Also hat er siben jar vff gemelten Etzel Gott gedienet mit
Mäß lesen/ betten /wachen vñ fasten/ Wie man nun allent
halben/von sinem heiligen leben hort/ begund ein grosser
zugang von fromen lüten die jn besuchen thättend/
Deßhalb er gedacht sin wonung noch weitter in die Wild-
de des Finsteren Waldts zu ziehen.

Nun fugt sich vff ein tag/das inne sinne mitbrüderen
die wol mit dem Angel fischen kundtend / besuchtend/
denen sagt Er/   Wie in der wilde deß Finsterens
Walds das durch fliessend Wasser die Syll genant visch/ Syll fluß.
rych were/ vnd vil gutter Förhnen hette / also reystend die
mit im biß zu hinderst in dasselbig ehall / vnd wusstend nitt
was sin vorhabens was / dann sy vermeintend Er gienge
dem fischfang ze lieb mit jnen.

                               D ij   Wie

Wie ſy nun zuhinderſt in der Wilde anfiengend viſchen/
gieng Er allein von jnen als ob er ſpacierte / ließ ſy viſchen/
vnd zog entwerig/durch den Finſteren wald/dann die gantz
Wilde/ein yteliger Wald vnd Einöde waß/er zoch biß ein an
Die Alb. der Waſſer/die Alb genant/Doneſt darby ein ebnen Wald
boden fand / vnd ein Schönen brunnen daby (jetzmal vnſer
Frouwen Brunnen genant) Die ſelb walſtatt gefiel jm zu ei
ner wonung.

Er

Er gieng schnell wider an die Syll/da er sine mitbrüder
fandt/die ein grosse vile visch gefangen/vnd ein lust vnnd
kurtzwil mit vischen gehept haltend/Er zog mit jnen wider
vff den Etzel/da bleib er vnd die mitbrüdern/giengend dem
Alten dorff zu / assend die visch/vnd fürend nachgends wi-
der über den See gen Oberbollingen in ir Kloster.

D iij

Heilwig ab
eißin ins
frouwen
münster zu
Zürich.

S. Meinrhadt verlaßt die Wonung uff dem Etzel und zücht in Finsteren Waldt.

Vn was dero zyt zu Zürich zů Fronwen Münster ein andechtige Abtißin/Heilwig genant/die offt s. Mein rhadt uff dem Etzel besůchte / dero offnet Er wie er willens

Leben:

Willens sich in Finsteren Wald 4000 klaffter von den Etzel
in die Wilde Einöde nider zulaffen/vñ alda sin leben zeschlüß
fen/dann im das volck stätter zu louff vff dem Etzel zeüber
legen welle sin. Da die Abtißin das hort/erbott si sich aller
hilff. Also dancket er der Widfrouwen zum Altendorff irer
gutthat/erbot sich Gott trüwlich für sy zubetten/der wür
de one zwyffel iren vergelten/Vnd verließ die wonung vff
dem Etzel/vnd zoch in Finsteren Wald/der an das Lanndt
Schwitz stost vnd mit bergen allenthalben vmbgeben ist.

S. Meinrhadts

Er nam mit jm ein Meßbuch / ein buch mit den Epi-

J. Meins ſtlen vnd Homilien / die Regel s. Benedicts / vnd die bücher
rats huß Caſſiāni / Die hat er vorhin by jm behalten / wie dan die Cro-
at ſo er in nick der Richenaw ſolches klarlich vnd warhafftigklich be-
den finſte- wiſt. Diſes iſt beſchehen als man zalt nach Chriſti geburt /
en Waldt 838. im 25. jar des Richß Reiſer Ludwigen des erſten
nit jm ge- des groſſen Reiſers Caroli ſons / Die Abtißin Heilwig
nonnen. vnd andere Gotzförchtig perſonen bautend jm in ſiner neu
weu erkieſten wonung im finſteren Wald ein Cappel.

J. Meins
adt ʒücht
n finſteren
wald anno
838.

ʒ.

n

Läben.

Da jetz vnſer lieben Frouwen der Mutter Gottes Ma-
rie Cappel zu den Einſydlen im Cloſter ſtat/vnd verſachen Wannen
inne alle wochen mit narung / dann vil Gotzförchtiger har Sanc
menſchen trugend jm täglich ſpyß zu / do er doch wenig Meinrha
brucht / gab das überig was jhm wardt armen lütten die geſpyſt-
jnne teglich beſuchtend/vñ hielt ſtreng an im Gottes dienſt worden.
Eheret auch zu allen zytten die Hochgelobt Mutter Got-
tes magt Mariam ſy fur ſin furbitterin vnd patrónin ge-
gen Gott anruffende.

Dero ziiten ſtarb Keyſer Ludwig /der Erſt/Caroli Mag Keiſer An
ni Son/im jar des Herren 840/ jar im xx. tag Brachmonats wig ſtirb
als er xxvj. jar vnd v. Monat geregieret hat. Er verließ An.do.84
drey Söne / Lotharium der beſaß Italiam vnd das Keiſer-
thumb. Ludowicum /der was König über oſt Franchrych
ze tütſchen landen vnd über Alemanien/ vnd Beyern. vnnd
Carolum Caluum / der was König über weſt Franckrych/
das iſt welſch Franckrich. Alſo was S. Meinrhadt im
Sybenden jar zu diſer zit im Finſteren Wald.

Wie S. Meinrhadt von den böſen geiſten
geplaget / vnd wie er von dem Engel Gottes
geſterckt worden.

Vnd vff ein zyt als er in ernſtlichem gebett was vmbgab Was S.
jnne ein gantze vile der böſen geiſten/ alſo das er von jrer ſin Meinrha
ſternus /mit die tag heitere ſechen mocht/ Sy trowtend jm in der anf
gruſamlich vnd geſtaltend ſich ſchutzlich mit ſtreckungen. chtung ge
Aber S. Meinradt knüwet nider /legt ſich vff ſin ange- bruchthal
ſicht krützwiß ruff Gott mit groſſem yffer vnnd ernſtlichen
gebett an vmb hilff / vnd wie jn die teuffel ein lange wil ge-
plaget hattend/ ſicht S Meinrhadt ein liechten glantz von
vffgang harkommen vnd ein Engel dem glantz nachfolgen
de/der kam ſtrax zu jm in mitten der böſen geiſtern/mißhan
                              E   let

let ſy übel vnd gebot jnen ylentz abzewichen / vnnd ſtarckt
S. Meinrhadten mit freundlichen worten / er ſolt vner=
ſchrocken ſin/ ſy müſtend jnne furhin nit merbeleidigen.
Alſo fluchend die böſen geiſtern von ſtund an hinweg/vnnd
habend jm nachwertz (als er ſelbs bekant nimmer meer be=
leydiget.

Läbett.
Wie ein Conuent herr vß der Richenaw im
Finſteren Waldt S. Meinrhadten
beſucht / vnd was jm begegnet
ſyge.

Jn mal kam ein Conuent Herr vſs ſinem Orden vñ
Goßhuß Richenow / jnne als ſinen mitbruder heim
zeſuchen (dann S. Meinrhat hat vß der Einöde ſinen
Conuent Bruderen vil zugeſchriben / ſin handlung vnd fur#
genomen thun vnd laſſen zu nuß vnd frucht der brüderen
jm Goßhuß zubehalten / wie die Geſta anzeigend.)Sanct
Meinrhadt entpſieng jnn werdtſamlich/vnd behielt jnne in#
ſchlechten Hüßlin / ſo von holßwerck zerur an die Cappel
gebauwen übernacht. Si begundend mit einanderen one
vnderlaß von Gotlichen dingen reden /biß ſpat in die nacht#
do legtend ſy ſich zu ruw/ vnd lag S. Meinrat inſinem ſon#
derbaren Kemerlin / doch nit lang / dann er jhm ſelbs den
ſchlaff alweg brach / ſtund auff vnnd ſchleich nach ſinem
bruch in das Cappelli / ſo ſtill er mocht/damit er den Con
uent broder nit wachte. Aber der Conuent bruder der auch
die nacht mit wachen verzart/ hat jn gehört vff ſtun/ſtund
auch vff/vñ teich jm heimlich nach biß zu der Cappel thur/da
bleib er / vnd ſach das Ein Kind ongefar vij.jar alt zeach#
ten / in wyſſer glenzender kleydung von altar herab gieng/
vnd mit S. Meinrhadten die Pſalmen bettet/Ein verß vm#
den ander. Darnach ſprach das Kind mit S. Meinrhadten
das der Conuent bruder wol hören mocht/aber nit verſton
kundt. Demnach gieng das Kind auch zu dem Conuent
bruder ſelbs/vnd redet mit jm wunderbarlich ding / die es
jm verbott zuöffnen .Diſe geſchicht hat der Conuent Herr
ſelbs ſinem Abbt vnd Conuent anzeige/ Aber jr jemandts
wellen ſagen/ was das Kind mit jm geredt/diewyl es jhm
verbotten was.

Wie Zween Morder zu Endigen zusa-
men komen vnd angeschlagen
S. Meinrhadt zetöden.

Vn hat S. Meinrhadt zween jung Rappen in einem
neſt vßgenomen / die er vfferzoch täglich ſpyſt vnnd
ſin kurtzwyll mit hat/die warend ſtäts by jm / Do fugt
ſich als er jetz rrvj. jar im Finſteren Waldt was geſin/ das
zween böſe menſchen / vß anreitung des teuffels zu Endi-
gen zeſamen kamend (da jetz Rapperſchwyl die Statt ſtat
ſo noch domaln nit gebuwen / dan allein ein dörfflin vnd
Schifflende da was / Endigen genant / daraus nachwert
durch die Graffen von Rapperſchwyl / ſo enthalb Sees in
der Marck (als obſtat) ſaſſend ein Stat vnd ſchlos gebuwen
vnd nun Rapperſwyll genant worden / Diſe beide verruchts
menſchen / als ſy vil von dem zulouff von S. Meinrhaten
sagen hörtend über redtend ſy ſich ſelbs vß ingebung des bö-
sen geiſts / Er were ein gitziger Münch vnd glißner der geiſt
lichkeit/ der vnderem ſchein eines Heiligenlebens/ durch den
groſſen zulouff des volcks groß gelt überkomen / vnd by
handen wurd haben / lieſſend ſich in einem Schifflin ge-
hurden in das Dörfflin über See füren erfragtend die
ſtraß vnd zugend hin in den Finſteren Waldt in meiñung
S. Meinrhadten zumürden/ vnd jme das gelt zenemen.
Der ein hieß Richart was von Nördlingen vß Schwaben
land/ Der ander hies Peter/ was vſs Churwalchen bürtig.

Derſelben zyt was Sanct Meinrhadt ob Altare hielt
Meſs.

Do offenbaret im Gott das er deſſelbigen tags den todt
lyden / vnd die marter kron erlangen wurd. Vnd wiewol er
nach dem fleiſch ſeer darab erſchrack/ſo was doch ſin geiſt
mandlich vnd willig / vnd wie er die Meſs volbracht het/
legt er ſich krützwyſs fur den altar /vnd bat Gott das er jhn
ſtarckte / In dem kamend die mörder / klopfftend an das
hüſslj vnd rufftendt das man ſy in lieſs/

S. Mein
rhat wirdt
ſin todt er-
öffnet.

D iij   Die

Die Rappen beyd die er erzogen hat begundend gar grim̄
lich schreyen. S. Meinrhadt nam ein brot in die hand
vnd ein hölzin becher mit tranck in die ander hand.

S. Meins
hat frund
lichkeit.

Thett die thür vff wilkomet sy freundtlich vnd bat das
sy nider sässend / ässind vnd trunckind / vnd dann das vol-
brechtind / darumb sy darkomen werend.

Do sprachen die mörder / warumb sind wir dan komen /
Er antwort / darumb das ir mich tödten wellend / das hatt
mir

Läben.

mir Gott jemer erst ob altar eröffnet/den hab ich nach vol=
brachtem ampt vff der Erden' Crützwiß innigklich gebetten
das er mich stercken wille/ das wird Er thun/Darumb vol=
bringend allen euwren willen an mir/Der mörder jetwede=
rer hat ein starcken knüttel oder brügel in den henden / vnd
spraachend zu S.Meinrhadten/ Dieweil dü vns selbs von
solkichem wyssagest/ so muß es geschehen/ Du boßhafftiger
Münch/gib vns das gelt har fur/so du lange zyt zusamen ge
raspet / oder du must sterben/fielend jnn hiemit an vnd schlu
gend jnne mit knütlen hart.

Sanct Meinrhadt antwort jnnen vnd ſprach / Gott im
Himel iſt mein zůg / das ich kein gelt weder ſylber noch goldt
hab / Alſo ſchlugend ſy jn jämerlich / biſs er zu boden fiel / das
Wie ſanct   jme das hirne haruſs floſs (das anmal eines ſtreichs wird
tMeinrhad   noch hüttigs tags / in ſiner hauptſchidelen geſechen.) Do
geſtorben   ſchrey S Meinrade vnnd ſpraach / Ach meine Sön zun-
dend mir ein liecht an lüterlich durch Gottes wyllen damit
min ſeel nit on ein liecht vſs diſer welt ſcheyde / Vnd wie er
das geſagt / verſchied er von ſtund an. Do ward die Zell / die
walſtat

Leben.

walstat vnd der gantz Walde/ so vol des aller lieblichsten
schmacks/ das es überalle wol riechende salben vnd gewurtz
was. Die mörder erschrackend des wunder Zeichens/des gu
ten geschmacks/ Sprachend zu einanderen / O wir habend
übel gethon an dissem heiligen menschen / Do nam der ein
ein Kertzen ab dem Altar wolt sy anzünden/vnd zu der Lych
stellen/vnd wie erß wil gon anzünden by dem feuwr im hüß
lin/do brann sy von irselbs an vß Gottes Ordnung.

S

Wie die Mörder ab dem Wunderzeichen er-
schrocken vnd Zürich zugelouffen/ daselbs
auch gericht.

So erschrocken die Mörder noch wirsch / spraachend
zesamen / wir wöllend fliechen/dann zufürchten Got
werde das mord an vns nit vngerochen lassen / Wie
sy nun darnon fliechend / do flugend jnen die Rappen beyd
nach/die S. Meinrad erzogen het mit jamerlichen schryen/
vnd schussend jnen stäts vff die höupter.

Vnd do ſy gen Wolrouw kammend/do was ein Zimmer
man der was Sanct Meinrhaten gevatter/dann jm S. Mein
rhadt ein Kind vß Tauff gehept/ Es hat auch derſelbig
Zimmerman S. Meinrhadten das huſslin vnd Zell ſo er an
der Cappel im Finſteren Waldt hat von holtz gezimmeret.
Wie nun der Zimmerman ſach das die Rappen alſo vff die
zween man mit geſchrey ſchuſſend/vnnd das ſy ſo nöttlich
darnon fluchend Spraach er zu ſinem bruder.

Das ſind minß gevatters S. Meinrhadts rappen dem
werdend die zween mann als ich beſorg ettwaß zugefügt
haben/das die Rappen gern rächind. Darumb lieber bru-
der gang du den mannen beyd nach vnd ſpäch vff ſy/ ſo wil
ich ſchnell in Waldt louffen / zu erfaren wie es vmb minn
gevatter ſtandt. Als baldt nun der zimmerman in den
Waldt kam/ſchmackt er den ſüſſen geruch im gantzen wald
vnd wie er in die Zell kam fand er ſin gevatter S. Mein-
rhadten todt/vnd die brinnende kertzen by ſiner Lych ſton.
Do luff Er als ſtarck er mocht durch den Waldt heim gen
Wolrouw / ſchickt ſinn bußfrow vnd ander Erberlüt von
Wolrouw in den Waldt / das ſy die Lyche verwartind
vnd ylet er ſinem bruder nach vff Zürich zu/dann jm ſin
bruder am See durch nider biß gen Zürich in allen dörff-
linen warzeichen durch die wonhafften lütt daſelbs hat ge-
ben laſſen. Wie er nun den tag vnd nach luff/biß er gen
Zürich kam/fand er den bruder vnd auch die zween mörder
im Wurtzhuß/ vnd warend die Rappen auch da/ die ſchuſ-
ſend in die fenſter/ vnd hattend ein grauſam geſchrey.

§ ii   Der

S. Meinrhadts

Der zimmerman ſagt ſinem bruder/ das ſy S. Meinrhat
gemürt/vnd zeigt es von ſtund der Oberkeit an. Do fieng
man die thätter/die bekandtendt on alle marter ir miſſethat
vnd ſagtend die gantz geſchicht/wie ſy S. Meinrhad frünt
lich entpfangen/vnd was er mit jnen vnd ſy mit jm geredt/
Auch von dem Wunder Zeichen der Kertzen/die ſich ſelbs
angezündt/ vnd des geſchmacks im Waldt/darab ſy er/
ſchrocken.

Läben.

Des glichen wie jnen die Rappen nachgevolgt vnnd kein ruw gelaffen habend/ vnd alles was sich von anfang har/ wie hie obgeschriben verloffen hat.

Also wurdend sy von Graff Abelberten dem Richs vogt

S iij

as vrteil vnd gemeinen burgeren mit vrtheil erkent das man sy sole
d straff zu der Richtstat hinvss Schleiffen / vnd gereberet werden /
r mörder nach Keyserlichem recht.

Läben.

Vnnd wichtend beide Rappen nit von der Richtstat/
biss sy beyd todt warend.
Vnnd mit den Rederen zu eschen verbrent / vnnd die

S. Meinrhadts

Schsen so von jnen kommen in das wasser geschütt / das
sy verfliessen solt.

Zu Zürich sind noch die röck der mörder behalten.

s. Agnesen
tag wirdt
S. Mein-
rat ermürt
A. Do. 863.

Der Lieb Heilig S. Meinrhadt ist ermürt worden an
S. Agnesen tag /des xxj. tag Jenners / Als man zalt nach
Christi geburt 863/ Jar. Als dero zyt König Ludwig Kei-
ser Caroli Enckel / das Orientisch Franckrich vnd Alema-
nien

nlen regiert/ſins Richs im ꝗꝗꝗj.Jar.   Als Walcharius
Abbte in der Richenaw was . Der ſelbe Abbte ſandt nach
S.Meinrhadts Lychnam /damit er jnne als ein Glidt ſins
Conuents in der Richenowe begrube.

veryhighWalcha-
rius Abbt
der Riche-
now.

Vnd wie man die Lych biß vff den Eẞel bracht /mocht
manß nit wytter bringen/Do ſchnid man jnne vff vnnd be-
grub man ſin ingeweid in die Cappel vff den Eẞel / do lies
ſich der Lychnam fürwerts fertigen / biß in das Goßhuß
Richenow / da er begraben war.
    Vnd als er Canonice erhept iſt worden / habend Abbte
                            G   vnd

S. Mein-
rhats inge
weid wirdt
vff deẞEẞel
vergraben.

S. Meinrhadts

vnd Conuent der Richenow S. Meinrhadts haupt schidel
vnd ettlich gebein sines heiligen Lychnams / widerumb
in das Goßhuß Einsydlen zugestelt / welche noch hüttigs
tags / sampt dem andern heilthumb / da rastend vñ rübend
vnd nach gebürender Eher da gehalten werdend. Dise rela
tion ist beschehen vff den vj. tag Octob. Als man zalt nach
Christi mensch werdung 1039. Der lieb heilig Einsydel vñ
marter S. Meinrhadt welle Gott für vns bitten / das wir
auch das joch Christi gedultig tragend vnd jne flissigtlich
mögen nachfolgen.   Amen.

Von der gemelten

Walſtat S. Meinrhadts im Finſteren Waldt/ ſo
man jetz zu Vnſer lieben Frowen zu den Einſydlen
nempt/ Da S. Meinrhadts Cappel Gott ſelbs/ ge-
wicht in ſiner wirdigiſten Mütter vnſer lieben Fro
wen magt Marie Eher/ die S. Meinrhadt alweg
alda geeheret hat/ als ſin Fürbitterin
vnnd Patrônin.

NAch S. Meinrhadts todt ſtundt die Cappell
in dem Finſteren Wald die er durch hilff vnnd ſtür
Fromen vnd Gotzſelligen Lütten/ Got dem allmechti
gen in ſiner Wirdigen künſchen Mutter magt Marie ehere
vffgericht hat/ xxxiiij/ Jar ſo/ das nie kein Menſch da ſtäts
wonet/ vnd Wallet doch one vnderlaß vil volcks aldo hin/
von Andachts/ vnd der groſſen hilfflichen wunder Zeichen
wegen/ So Got der Herre alda durch ſiner wirdigen Mut
ter Magt Marie willen/ denen ſo ſy vmb furbit an diſem ort
anrüfftend/ in jren beſchwerlichen nôten erzeiget/ Vnd ward
das Cappellj vnd auch das hüßli/ durch hinſchlyſſung der
zyt/ von dachloſe faſt buwfellig worden/ dann diewill nie-
mandts mer da ſtättigklich wonet/ ward es von der Ruchen
wilde wegen von niemand vff gehalten.

Do was ein fromer gotzfôrchtiger Thůherr zu Straßburg
Benedictus (ward aber gewonlich Benne genant) der von
durchlüchtigem Stammen erboren/ vñ Rônig Rudolphen
von Burgund von geblüt verwandt/ Der hat ein anfech-
tung durch ingebung gôttlicher gnaden vnd vß yſſerlichen
inbrünſt die welt zu verlaſſen vnd allein in einer Wilden eins
de Gott zu dienen/ zoch in den vorgenampten Finſteren
Waldt/ vff die Walſtat da S. Meinrhadt gewonet hat/

Benedict9
ein Thum-
herr zu
Straſburg
der Ander
Einſydel.

Vnd

S. Meinrhadts

    Vnd ist der Ander Einsydel nach S. Meinrhadten in
diser Waldtstatt gewesen / hat die Cappell S. Meinrhats
die er in der Mutter Gottes Titel vnd Eren namen Gott
dem Almechtigen vor ziten gebuwen / widerumb ernüweret
vnd gebesseret / vnd das Hüßli daby erwitteret.   Demnach
Brül. den Wald so daran vnd darumb gelegen vßrütten / vnnd zu
einer schönen matten machen lassen / so jetz der Brül ge=
nampt

nampt wirdt. Deßglichen das Bergli so jetz Bennow ge‑ **Bennow**
nant/da auch nitz dann Wald waß vßgerütet/vnd zu nutz‑
barn matten gemacht / so von sinem namen Benno /den na
men Bennow überkommen. Das ist alles geschehen mit
verwilligung des Graffen von Rapperswyl/sines Ohims
dem die Eigenschafft der Wilde vnd des Lannds harumb/
biß an dero von Schwitz Landtmarckt zugehörig was/vn
von König Ludwigen zu Lehen empfangen.

   Anno domini 925/starb Bischoff Witgerus von Metz/ **Benno**
vnd ward der gemelte Benno zu Bischoffe gen Metz von **Bischoff**
den Herren des Thumb Capitels erwelt von sines Heiligen **zu Metz.**
Leben wegen vnd zwang man jn das er muste den Finsteren
wald verlassen/ vnd vff das Bischthumb ziechen/ wider si‑
nen willen/ danner hat sin fürnemen gesetz in diser walstat
zebliben/vnd alda mit Gottes verhencknus sin Leben zu‑
verschlissen/Diewyll er jetzmal 19/Jar stättigklich den Ein
sydel staat in der Wilde zu S. Meinrhadt Zell volfürt hat.

   Vnd als er nun vff sin Bistumb zoch/ hat er nutzit dest
minder S. Meinrhadts Cappel durch einen inwoner inge‑
bew vff halten lassen/ vnd schuff demselbigen alle notturfft
von der Insel Vffnow in Zürich See gelegen/ so er vom
Gotzhuß Seckingen ze Lehen entpfangen / Auch von den
vßgerüsten güttern in der walstatt/vnd von sinem Eigen
gut/so er alda hin verordnet hat. Vnd wie nun derselbig
Benno zwey jar Bischoff gewesen / wurdend jm von ett‑
lichen Burgeren von Metz/ sinen feinden/die er vmb jr laster
strafft die augen vßgestochen /damit er nit meer möchte jr
laster vnd Sünde sehen/vnd sy vngestrafft blibtend

   Anno domini 927/ Do ließ er sich wider zu S. Meins **927**
rhads Zell in Finsteren Wald füren/ hat alda lange jar ge‑
lebt/vnd sin leben mit betten vnd Gott dienen daselbs ver
schlissen.Starb Anno domini 940/vff den dritten tag Augst
monats/ ligt auch da vor vnser Frowen Cappell begraben.

   Die schnöden thäter von Metz wurdend all in die Aach
                G iij   gethen

gethon / vnd vom leben zum tod gericht/wo man sy betret
ten mocht.

Do fugt sich des jars nach Christ geburt 934/ gezalt/
Das aber ein Thumherr von Straßburg Eberhardus ge=
nant / von Göttlichem andachts wegen/ in die obgenante
S. Meinrhades Zel zu disem Benedicto kame sin leben auch
alda in Gottes dienst vnd Einsydel staat zuerschliessen/ vñ
diewcil er jetz der drit Einsydel alda was / begund man die

Anno dñi
934
Eberhar=
dus auch
in Thum=
err vonn
Straß=
urg der iij
Einsydler.

selb gelegenheit zu den Einsydlen nemmen/ welchen Namē
es hüt by tag hatt.　　Der gemelt Eberhardus was fast
rych/ vnd von durchlüchtigem Fürstlichem stammen ge=
boren/ Der vnderwand sich Ein Kloster alda zebuͤwen/
Gott dem Almechtigen zu lob/ vnd in der Ehere der hochge
lobten Mutter Gottes Magt Marie / S. Mauritzen deß
heiligen marteres siner heiligen geselschafft.

　　Harzu thett der Durchleuchtig Gottförchtig Fürst
Hertzog Herman von Schwaben / sin staͤtte mithilff / als
ein Christenlicher Herre / dann dieselbigen Land alle in si=
nem Hertzogethumb / so man Alamaniam nampt gelegen
warend/ vnd an das Römisch Rich hortend/ von dem ers
zelehen hat.

　　Also erkaufft Hertzog Herman von dem Graffen von
Rapperschwyll(die vnder sinem Furstenthumb als Lehen
lütt sassend /vnd jr Graffschafft auch von dem Rych zele=
hen hattend/ In welcher Graffschafft S. Meinrhadts Zel
vnd gantz Wilde des Finsteren Waldts / auch Bennow/
Etzel/ vnd haruß wertz/ biß an den Zürich See/ gen Hurden
gen Fryenbach /gen Wolrouw/ vnd gen Bäche / so man die
Höff nempt/ was in dem Circkel lag) vmb ein groß gelt die
gantz eigenschafft/vnd gabs an das nüw angefangen Gottz
hus zu ewigem eigenthumb.　　Vnd begund Eberhardus
der Einsydel wie er das Closter vß gebuwen / Munchen
S. Benedicten Ordens (den S. Meinrhadt auch getragen)
inzenemen/ vnd ward er jr erster Abbte.

S. Eber=
hart erster
Abt zu Ein
sydlen.

　　Vnd do es ward nach Christi geburt 946/ jar/　Do gab
Otto der groß vnd erst Römisch König des Namens/ dem
selbigen Gottzhus Einsydlen durch fürmündung / Hertzog
Hermans von Schwaben/ sin Erste Fryhait vñ priuilegium/
die entpfieng Abbt Eberhardus erster Abbte / Der Fryheit
Brieffe ist geben zu Franckfurt/ vff den xxvij. tag Octobris
sins Rychs im xij. jar. Indictio 4/ Anno domini

Anno.946

94 6.

Von

Von dem grossen wun

der Zeichen / als vnser lieben Frawen der Magt
Marie Cappel ze den Einsydlen / von Gott selbs
gewicht ward /in gegenwirdigkeit vil
gloubwirdiger personen.

In dem 948. jar nach Christi geburt /vff des
Heiligen Crütz erhöchung im herbst.

Nno Domini 948/ als das Closter jetz gantz vßge=
bauwen was/do berufft Abbt Eberhart S. Conra=
den/der domalß Bischoff zu Costentz was/das er das
Neuw Münster/vnd auch S. Meinrads Cappell wychte/
dann es in sinem Bißthumb ligt. Also für S. Conradt der
Bischoff gen Einsydlen/vñ mit jnnen S. Vlrich der Bischoff
von Augßburg / vnd sonst vil andechtiges volcks. Vnnd
wie sī dar kamend vff den xiij. Septembris/vff des Heiligen
Crütz erhöchung abent/ zuherpst/als man nach Christi ge=
burt zalt 948. jar (da Papst Agapetus deß namens der An=
der/ die Römisch kilch / vnd König Otto der gros das Rö=
misch Rych regiertend)vnd zenacht an jr ruw giengend.

Do stund S. Conradt der Bischoff zemitternacht vff/
sīn gewonlich nacht gebett zevolbringen /da hort er vnd et=
lich Conuent bruder desselbigen Gotzhuß/auch ander An=
dechtig volck/ geistlich vnd weltlich (der ein grosse vile da
was/das aller süß ist gesang der Englen das nit vßzesprech=
en. Vnd als Bischoff Conradt eigentlich vffmarckt/ was
es für ein ding were / hat er warhafftigklich verstanden vñ
schynbarlich gesehen /das die Engel in vnser lieben Frowen
Cappel/ die er wychen solt/sungend vnd übtend alle bruch=
liche ordnung/ so man zu einer Kilchen wychung zethun
pflegt/vnd mit einer procession vmb vnd in die Cappel gon
Vnd

Vnd wie nun der morgen kam / vnd alle ding ſo zu der
Wychung gehörend/bereit waren verzoch Biſchoff Conrat
biß vil nach zu mittag zyt / ob villicht Gott etwas wytter
eröffnen welt/Do ſind die andern Prelaten vnd Geiſtlichen
zu im in die Cappell Marie da er was gangen/ vnd habend
jn gebetten das er nun meer das Ampt anheben vñ wychen
ſolt/Als er ſich aber widert/vnd jnen erzalt was Er geſehen
vnd gehört hett/ Hieltend ſy im nichts darvff/ ſtrafften

jn

Von der Engelwychung

ſinne darumb/begertend vñ hielten an das er mit der wychê
fürwert füre .   Vnd do ſy es je alſo haben woltend/ rũſt
er ſich vnd wolt die Cappel wychen / in der Eher der wir-
digen Mutter Gottes Marie. Vnd do er das Ampt der
Wychung anfieng / do rufft ein Göttliche Stim zum drit-
ten mal/ das es do mengklich ſo da was hort / Bruder hör
vff / dann die Cappel iſt von Himel harab gewycht /

Do ſind ſy all erſchrocken/vnd habend erkent vnd glaubt
das S.Conrades bericht warhafftig was. Hortend vff alda
zewychen / vnd lobten Gott ſiner wunderthat / vnnd gien-
gen mit der proceß in die münſter Kilchen hinvff/die wycht
S. Conradt vß Abbt Eberhardus beger/in S. Maurizen
vnd ſiner geſelſchafft/der Heiligen Marteren Ehere. Vnd
ſchiebend demnach wider heim / ein jeder in ſin Lande/ mit
groſſer verwunderung/ des Mirackels/welchs ſy allenthalb
vßkundend.

Vmb diſe geſchicht hat nach xiiij. Jaren Bapſt Leo-
der Achte gloubwirdigen ſchyn vffgericht/ In gegenwirdig
kait des groſſen Ottonis/vnd viler Fürſten geiſtlichen vnnd
weltlichen/vß teutſchen vnd welſchen Landen / da von her-
nach gemeltet wird .

Des groſſen Königs

Otto ſchwager Gregorius / des Königs Adelſtani von Engellandt Bruder/ward ein Con uentbruder / vnd nachgends Abbte im Gotzhuß zu den Einſydlen.

J Grego-
rius vß En-
llandt.

ALno Domini 949/für Gregorius des Römiſchen Kö-
nigs Ottonis deß groſſen ſchwager(dann er ſins ab-
geſtorbnen eegemachels ſeligen der Königin Edgidis
vnd

vnd auch Adelstani/dero zit Königs in Engelland eelicher
bruder/vnd König Edmunds seligen Son was) gen Rom
von Andachts wegen/dann er ein gotzförchtiger frommer
herr was/ vnd als er ein zit lang zu Rom vff dem Berg
Celio gewonet/schied er wider von Rom / vnd wie er wider
haruß in Teutschland kam / vnd vorhabens was / fürwert
in Engelland sin vatterland zefaren/ vernam er vff der
Straß/ von dem Mirackel/der Cappel wychung ze den Ein
sydlen / welches dan in allem Teutschen land rüchtbar was
do ließ er sin vatterland vnbesucht/ kam nime meer dar/ für
gestraxgen Einsydlen /da legt Abbt Eberhart vff sin bitlich
beger/den Orden an/ vnd was sin leben lang ein Gotzförch
tiger Einsydler/ward auch harnach der Dritte Abbte. Wie
nun Abbt Eberhardt xxv/ Jar das Closter Einsydlen / so er Abt Eber
hardus
stirb A.Do,
958:
von newem gebuwen/gotseliglich geregiert hat/ vnd wol
betagt was/schied er vß diser zeit/ Als man nach Christi ge
burt zalt/ 958/ Jar am xxij/ tag Augst monats/vnnd ward
Dietlandus der Ander Abbte alda erwelt/ ein ernsthaffter
herr vnd Heiliger man / starb als man nach Christi geburt Dietlando
der Ander
Abbt.
963/ Jar zalt.

Off inne ward der obgenant Gregorius / des Königs
von Engelland bruder/der dritte Abbt erwele Gregorius
der Drit

Anno domini 964 / jar/ zoch der gros Keiser Otto in Jta
lliam gen Rom/ den vertribnen Bapst Leonem den viij/des
namens/den die Römer verjagt hattend/ wider in zesetzen/ Keiser Ot
to zucht gē
vnd manet geistliche vnd weltliche Fürsten / das sy jm für
derlich mit macht zu ziechen solten/dan er wolte die schmach Rom / vnd
andere
rächen (als er auch thet)do geschach ein grosser vffbruch in
Türschen landen/ dann vil Bischoff vnd Prelaten selbs zue
gend/diewyl es jr houpt vnd ordentlichen Obern/die Bäpst geistliche
lich heiligkeit berürt / der sy auch erustlich harumb ermant/ vnd welt
Zugend auch die obgemelten / Bischoff S. Conradt von liche Für
Costentz/vnd S. Ulrich von Augspurg/mit den Ertzbisch sten
offen von Mentz vnd Cöln/ vnd andern geistlicher vnd welt
licher Fürsten.

H H Do,

S. Conrat
ſůche auch
ʒen Rom/
ʒericht den
Bapſt des
Mirackels
halb

Do bericht der Heillg Biſchoff Conradt von Coſtentz
den Bapſt/ in gegenwirteigkeit Keiſer Otten/ vnd der Reiſerin Adelheidt / ſins ehegemachels/ auch viler geiſtlicher
vnd welelicher Tütſcher vnd welſcher Fürſten vnnd Herren/
des groſſen mirackels ſo vor jaren Anno domini 948/ mit
wychung der Cappelle vnſer lieben Frouwen der wirdigen
Mutter Gottes Marie/ ʒe den Einſydlen/ im Finſteren
Wald geſchehen/ vnd begert harüber rhadts ob nach ſollicher geſchicht vnd gewüſſer warheit/ jme oder einichem andern Biſchoff nach jm/ gebüre wyter hand an ʒelegen.

Wie nun die Bäpſtlich heiligkeit ſolchs vernam/ hab er
mit rhadt dero ſo ʒegegen warend/ diß nachfolgend vrkunt
ʒu ewiger gedechtnus/ dem Gotʒhuß ʒu den Einſydlen geben
Vnd groſſen Ablaß den andechtigen beſuchern diſer Walſtat mittgeteilt.

Beſtätung der Eng:

liſchen wychung vnſer lieben Frouwen
Cappel ʒe den Einſydlen von Bapſt Leone dem achten/ vnd der Abblaß der Sünden/ ſo alda den Büßfertigen mittgeteilt wirdt/
Vertütſcht.

L W JR Leo ein diener der dieneren Gottes. Es
gezimpt der Bäpſtlichen beſcheidenheit/ das
ſy denen/ die in geiſtlichem ſtand ſich rumwirdigklich haltend/ durch mitlyden vñ Råtſamung/ʒehilff kome/ vnd jrer anmůtung mit ſchneller demütigkeit/ vnſern
gunſt mittheilind/ Wann damit verdienend wir von Gott
dem

Bapſt Leo beſtätung der Engelwyche

dem Schöpffer aller dingen den höchſten lon/ ſo durch vnſeren Rhat vnd gunſt Gotzhuſer werdend vffgericht/ vnnd gebeſſert. Darumb thund wir allen ſeligen Chriſten menſchen zewiſſen/die jetzund lebend/oder harnach geboren werdend/ Das der Erwurdig vnſer bruder vnd mit Biſchoffe zu Coſtentz Conradt genant/ in gegenwirdigkeit vnſers lieben Sonß Reiſer Otthen vnd Fraw Adelheidin ſines Ehegemachels/vnd ander Fürſten/vnſer wirdigkeit fürgebracht

H iij   hat

Beſtätung der Engel wychung

hat. Das er gebetten vnd berüfft ſyg worden zu einer Zell/
die da heiſt S. Meinrhadts Zell/die in ſinem Biſchthumb
ze Coſtentz gelegen iſt/das er da ein Cappel ſolte Wychen/
in der Ehere der hochgelobten Junckfrowen Marie / das
ſyg geſchehen da man zele habe nach Chriſti geburt 948/jar
Vnd wie er Biſchoff Conradt zu mitternacht nach ſiner ge‐
wonheit durch Gottes willen vff ſtunde / Spricht Er das
er da gehört habe vnd andere Andechtige brudern / mit jm
das aller ſüſſiſt geſang über alle maaſſen. Da habe er wel‐
len erfaren was es doch were/ do hab er geſechen/das es die
heiligen Engel warend/die werend in der ſelbigen ſtund be‐
kleidt/wie die Biſchoffe ſo ſy ein Kilchen wychen wellend/
vnd wie er vnd die anderen des morgens früy all bereyt we‐
rend/vnd in die Cappel giengend/vñ wychen weltend / nach
gewonheit/wie ein Biſchoff ſolt thun. Do habe er Biſchoff
Conrad das Ampt imerdar verzogen// biß nachend vff mit‐
ten tag/Des habend jnne die anderen Prelaten ſines ver‐
zugs geſtrafft / Do habe er jnnen die nachtsgeſchichte ange‐
zeigt. Vnd als ſy darauff das Ampt der Wychung anfien‐
gend/ Do hortind ſy all/das ein himliſche Stim zum drit‐
ten mal ſpraach/hörr vff Bruder die Cappel iſt von Gott
gewycht/des erſchröckind ſy all vnd hortind wol/das die vor
geſchriben geſchicht heilig vnd war was. Vber das iſt der
gemelte Biſchoff Conrad har gen Rom zu S. Peters vnnd
Pauls Kilchen gezogen / vnd pflag vnſers getruwen nutzen
Rhates/ ob über diſe Wychung einem Biſchoff die Cappelle
wytters zewychen vnd handt daran zelegen gebüre.

Darvff habend wir Leo mit den nachgeſchribnen vn‐
ſern wirdigen mit Biſchoffen Otto Ertzbiſchoffe zu Mentz
Bruno Ertz Biſchoffe zu Cöln/ Amo Biſchoff zu Wurmbs/
Ottuino Biſchoff zu hildeßheim/ Otto Biſchoff zu Min‐
den/ Ercken bald/ Biſchoff zu Straßburg/ Vlrich Biſchoff
zu Augſpurg/ harbart Biſchoffe zu Chur/ Eckhart Abbte
vß der Richenowe/ Bernharden Abbte zu S. Gallen/vnd

mit

Bapst Leonis.

mit vil meeren guter mannen/ mit jr aller Rhate erkennt/
Das die Cappel jemer ewigklichen alſo Beſtättet bliben ſol
vnd das der vorgenandt Biſchoff Conrat von Coſtentz/
nach keiner ſiner nachkomen ſin handt nimmer meer ewig-
klichen/daran legen ſollend/die anderwert zewychen Das ge-
bietend wir vß gewalt by gehorſamy/der Heiligen Fürſten
S. peters vnd S. pauls/vnd aller vnſer vorfarn vnd nach-
komen. Darumb von gebet vnd anwyſung wegen / vnſers
lieben Sons Ottonis des Keiſers(der ſonderlich die gemelt
Cappel lieb hat) vnd ſiner Erwirdigen frowen Adelheiden.
Auch mit rhat der vorgenanten vnſern Brüdern / ſetzend
vnd gebiettend wir/ by gezůgnuß Gottes gerechtigkeit/ vnd
by dem Banne/ das kein menſch gewaltig noch vngewaltig
Geiſtlich oder weltlich / wider dis vnſer gebott vnnd hand-
feſte freuentlich thun ſoll. Vnd wer alſo das vorgenant
Goßhuß oder einicherley ſines gutzs/das es jetzund hat o-
der harnach durch Gottes hilff überkumpt/ an ſich zůge(es
geſchehe ban mit gunſt des Abbts vnd des Wirdigen vnd
meerentheil des Conuents die daſelbs Gott dienend)oder ſy
betrüben welt/oder jre vnderthonen / wo die geſeſſen ſind/
freuentlich angriffe/ der ſoll von Gottes gewalt / vnd auch
durch vnſeren gewalt ſo er vnß verlichen/verſtrickt ſin / mit
dem Banne / vnd von Gottes Rich ewigklichen abgeſchey-
den vnd verflucht ſin/ Welche aber dis gebot allengleich
haltend/ die ſigend geſegnet von Gott/vnd von hochgelob-
ten Fürſten S. petern vnd S.pauls/vnd auch von den gna-
den der Heiligen Chriſtenheit/Vnd von gnaden vnnd ge-
walt des Stuls zu Rome ſagend wir ledig von SCHVLD
vnd PIN/ alle die menſchen die diſſe vorgenante Hoffſtat
oder Cappelle heimſuchend vnd mit demut/rüw vnd bycht
beſehend.

Diſſe Bull iſt geſchriben/durch petrum Offenbarn ſchri-
ber vnd Cantzler des Stuls zu Rom/In dem dritten Herpſt
monats/An des lieben herren S. Martin / des Bapſt tag/
vnd

Beſtättung der Engelwyche.

vnd ward verleſſen morndeß an S. Martins des Biſchoffs
tag / vor Herren Leone dem Bapſt / do er ſaß vff ſinem ſtul
by S. Peters Altar. Hie by iſt geweſen Otto der Keiſer /
Otto ſin Son / Adelheit die Keiſerin / vnd auch die vorgenan
ten wirdigen Biſchoffe / vnd ſonſt vil Fürſten von Tüeſchen
vnd welſchen Landen. Vnd iſt beſtettiget mit vnderſchry
bung / der hand des Heiligen Bapſt Leonis des Achten di-
ſes namens / vnd an der Ordnung zall des hundert vnd ſechs
vnd driſſigiſten. Vnd geſchach do man zalt nach Chriſti
geburt. 964.

Diſſe Bulliſt nachgend von vilen Bäpſten beſtettigett
vnd krefftig erkent worden / welche noch onverſert by han
den ſind.

Ein kurtzer bericht
zuerkennen in welchem Jar die Engelwyche
zu den Einſydlen Sige.

Hertz lieber Chriſtenlicher fründt
Ich dir die Engelwyche alſo verkündt.
Wann des Heiligen Crütz erhöchung
Sich fügt vnd vff den Sontag kumpt
Oder E der Sontäglich büchſtab iſt
So biſt der Engel wyche gar gewüß /
Zur Heiligen ſtatt magſt dich flyſſen eben
So wirdt dir Gott groß Abblaß geben.

Vorred in die nachfol
gende wunder Zeychen.

Olgend hernach ettliche Wunderzeichen so denen wi-
derfaren die sich gen Einsydlen zu unser lieben Frowen
versprochen / unnd auch sonst geehret und in anligen-
der not angerufft/ In welchen sich ein jetlicher kan und mag
ersehen/Auch darby erkennen und abnemen)wie Got Wun-
derbarlich (nach Dauids anzeigung) in sinen heiligen/und Psal:67
für uß in der aller Heiligisten Junckfrawen Magt Marie
verdienst/ und färbit sige. Und deren Miraklen werend on
zal / so sy alle uffgeschryben. Aber des schribens und truckens
wurde kein ende werden. Wann einer uß disen nachgeschrib
nen nit bewegt wirdt/ sonder verstopfft und verhertet blibt/
Ist zubesorgen das nit helffen wurde / wann erstglich ougen
schinlich an sinem lib erfarte. Wie auch Pharao/in welchem Exo.7.8.9
nit gehulffen/wie vil Zeichen jmer Got durch Moisen an
jm gewürckt/ biß das er mit allem Egyptischem volck im ro-
ten meer ersoff. Also werdend nach hürtigs tags/hertnecki
ge menschen erfunden/welche der Ewig Got / wunderbar Exod. 14
lich an lib gestrafft/ in dem wie sy Christi und der Heiligen
Bildnussen gestürmpt/und tragend etliche noch die Zeichen
mit grosser verwunderung / bekerung und besserung viler
Christen/ Aber sy blibend stäts in jr blindheit / wie die nidi-
gen und verbünstigen Juden/ob glich sy vil wunderzeichen Ioh.9
so Christus an jnen gewurcket/ gesechen/ sind sy dennoch je Luc. 11
lenger je meer verruchter worden / habend zu danck das er
die blinden gesechet/die lamen grad / die stummen redig ge-
macht/ in als ein Zeuberer/ gehalten / auch den Teuffel zuge Iohan. 9
ben / und wurcke solchs in namen Beelzebub/im Fürsten der
Tüfflen/ und habe den Teuffel. Also legend etliche Belialß
kinder/alle Wunderzeichen so an Wallenden orten gesche-

                                    J   hend/

hend/dem Teuffelzuo) Das erschrockẽ ist zuhören/das sy
Gottes / vnd siner Heiligen gnadriche würckungen / Wun
derwerck/ vnd gutthaten/ dem Bösen sind/durch jr Gotloß
verrůcht schnöd vrtheil sollend zůmessen. Der Teuffel hat
nit die art/das er ein gloubigen presthaffeigen lamen/krum
men gesundt mache/ sonder er verderbte lieber den mẽschen
mit lyb vnd Seel. Wo er ein armen menschen besitz / plaget
vnd pinget er jnne/gunt jm weder růw nach rast/ vnd wicht
nit von jm/ dann er sich selbs nit vßtribt/wie Christus sagt.
Aber an vil Walstetten /da Got durch sich vnd sine Heili
gen grosse Zeichen würckt/werdend die besessnen so mans do
hin bringt)erlediget/vnnd die Krancken gesundt gemacht/
wie dann vilfalt durch die vralten Christenlichen Heiligen
Leerer zubewysen ist/vnnd jetzmal in dissen nachfolgenden
wunder Zeichen/klarlich zusehen.   Der güttig Gott welle
vnß durch das fürbitt der gnadrichen Junckfrawen Marie
vor Seel vnd Libs gefarlichkeit/vnd vor allen Teufflischen
nachstellungen bewaren/vñ vnder die Fecken siner erbermbs
nus / Schützen vnd Schirmen.   Amen.

Wie Ein halb ierig

beseſſen Kindt ſo zu vnſer lieben Frowen Walſtatt
gen Einſydlen gettragen ward des böſen geiſts
alda entladen worden.

Anno domini 1538. Als ich Johanns von Stein vß
Schwaben Land bürtig/ Pfarrher diſer Walſtat zu
den Einſydlen/ Nach dem die Metti geſungen was/
vmbher ſpaciert/min gewonlich bettzuuerbringen/ſind mir
begegnet zwo perſonen ein Man vnd ein Frow die trügend
ein halbjarig Kind das mit dem böſen geiſt beſeſſen was/ vñ
als ich ſy grüszt hat/ fragt ich vß was vrſach ſy herkommen
do hand ſy mich bericho/das ſy von des beſeſſnen Kinds we-
gen kommen/vnd herüber mins rhadts pflegen/Do ich nun
das Kind beſach/ hett ichs geachtet zweyer jaren alt/ dann
es was faſt groß/ Alſo riet ich jnnen das ſy es zu Herren
Heinrichen von Ligritz/ dem Cuſtor diſes Goszhuſes tregen
ſolten(der hat von natur die Kinder lieb)damit er das kind
beſchwüre/ vnd erledigete. Alſo hand ſy minen rhat gefol-
get/ſind zum genanten Herrn Cuſtorn gekert/vnd jnne vmb
ſolliches gebetten/Der Cuſtor (als ein güetiger vatter) hat
das Kind an ſin arm genomen/ vnd hat es hinder den Fron
altar getragen in miner auch viler anderer gloubwirdiger
Perſonen gegenwirdigkeit / vnd hat das kind beſchworen/
Vnd wie er die beſchwerung anfieng/het der verfluecht geiſt
ſin verfluechte wys nit mit ſchreyen / ſonder mit tätlicher
übung erzeigt/ vnd das Kind erbermklich geplaget/ vnd jm
ſine arm vnd fües vnd alle glider entricht jetz hie vß dann
dort vß zerende/vnd vmbher plagende/alſo das vns alle/wie
wir ſollichs ſahend/ ein forcht vnnd zitter ankam/ Alſo hat
der Cuſtor des Helthumbs dem Kind bieten wellen/aber das
Kind hats gewichen als ob mans damit tödten welte. Zu

Von den wunderzeichen.

letſt hat der Herr Cuſtor vnſer lieben Frowen Magt Ma-
rie Heiltumb herfür gethon/do iſt der Tüffel mit hulendem
geſchrey hinweg gewichen /vnd geflohen. Vnd wie vorhin
das Kindt tüffeliſch geſchreüwen hat als man jm des Heil
thumbs hat wellen bieten/alſo iſt es nachwerts gar güetig
geſin/vnd zur ſchinbaren anzeichnng das jetz der Tüffel von
jm vſtriben / hat es das Heiltum williglich berüert.

Wie ein Edelman der ein groſſer Sünder was / als er ein Wallfart gen Einſydlen zu vnſer lieben Frawen gethon/ am heimfaren von ſinen Feinden überfallen/vnd jm der kopff von jnen abgeſchlagen ward/vnd der kopff noch redt/vnd ein fürfarenden Prieſter vmb das hochwirdig Sacrament des libs Chriſti bat/dann jm die Mutter Gottes durch der wallfart willen von Gott jrem ſon erworben / das er nit ſterben möcht on empfahung des heiligiſten Sacraments/welches jm der Prieſter mittheilt.

DIE pflantzung der Roſin in Jericho hat der Him-
liſch pflantzer durch den verdienſt ſiner Heiligiſtē mut
ter / Als die roſen verdorreten wider erkickt/ damit ſy
blüend wie die Roſen von Jericho . Dann das volck von
mengerley enden der welt har Wallend damit ſy ſechend die
groſſen Wunderwerck der rumwirdigiſten Magt marie.
    Es hat ſich gefueget das ein geſelſchafft Edlermenner
vß dem Elſaß als ſy vff ein zyt in groſſer gefar jrs lebens
ſtunden das ſy einhelligklich ein Wallfart zu vnſer liben Fro
wen Cappel zu den Einſydlen (die Gott der Heiland in der
Ehere der hochgelobten ſiner mutter magt Mark ſelbs ge
                                                    wicht)

Zu den Einsydlen.

wicht) verhieſſend / dieſelbig heimzeſuchen damit ſy durch
den verdienſt vnd fürbit der Magt Marie von Gott in jrer
gegenwirdiger not errettet möchtend werden. Vnd als ſy
nun vß derſelbegen not vnd gefarr erlöſt wurden / hand ſy
jr glübt erſtattet / Do het ſich Ein Edelman vß der ſelben
Landſchafft auch zu jnen thon / nitt von der heiligen magt
Marie liebe / noch von gotzforcht wegen / ſonder alley der ge
ſelſchafft zulieb dan er was ein verrůchter laſterlicher mēſch
Vnd wie ſy nun ſament mit groſſer arbeyt zu der Wallſtatt
zu den Einſydlen kamend / vnd die anderen all gemeinklich
miteinanderen geſtracks in vnſer lieben Frowen Cappel gi⸗
engend / hat der verrucht Edelman die gnadriche des orts
vnd Cappel veracht / vnd iſt denechſten ins wirds hus zogen
vnd hat jm den wurd Heinrich Kennratz genant (den ich Jo
hannes Pfarrherr geſehen) geheiſſen win vfftragen / vnnd
wie man jm den win gebracht ee er den verſucht hat jn die
förcht Gottes erweckt / das er in jm ſelbs anfieng betrach⸗
ten vnd gedencken / Ach wie bin doch ich wol ein armer ſün
der / es komen doch ſouil guter vñ frommer lüten von ferren
Landen mit groſſer arbeit her das ſy gnad alhie erwerbend
vnd ich han all min leben lang ſouil ſchnöder vnnd ſchandt⸗
licher laſteren begangen / vnd ſitz alſo hie als ob ich muet⸗
willigklich die rumwirdigiſten magt Mariā mit jrer gnad
verachten well. Ich will vff ſtann wil in die Cappel gan / da
mit ich auch der überflüſſigkeit der gnaden daſelbſt theil⸗
kafftig werd / Vnd wie er in die Cappel kommen / hat er mit
groſſer bekümmerung ſins hertzen angefangen reüwen zu⸗
han / vnd iſt für den Altar andechtigklich nidergeknewet /
hat die magt Mariam angeruefft vnd geſprochen / Ich be⸗
ger von dir min Frouw das du welleſt ſin min mutter vnd zu
flücht über meine vergangne Sünden / das min Seel von
minem laſterlichen lyb (diewil ich vil gewaltiger feind han /
von denen ich vmgeben) nit abſcheide / ich ſey dann zuuor be
wart mit dem lyb vnd blut dines einigen Sons / Vnnd hat

J iij   ſonſt

sonst nit anders begert/ ist hiemit vffgestanden vnnd wider
üs wurds hus gangen. Gott ist wunderbar vnnd würckt
wunderbare ding/ Dann wie er dieselb gesellschafft vil nach
bis wider in jr vatterland beleitet/ vnd der gedacht jr mitge
sell/der jetz nit meer verrucht/ sonder volkommenlich gerei
niget was/ mit jnen zoch/ Do sind jm sine Feind gewaffnet
begegnet/gantz wütigklich/vnd hend im böses mit bösen wel
len widergelten/ vñ wie alle sine mitgesellē mit gewalt flüch
tig gemacht wurdend/hand sy jn zu todt geschlagen/ vnd vß
grossem haß den kopff abgehawen/vnd hinder ein hag in die
neßlen geworffen/vnd den Cörpel in der Stras ligen lon.
Wie nun vilnach der mittag verloffen ist der priester dersel
bigen pfarr vß einem Dorff daselbs hin kommen/vnd wie er
den Cörpel alda ligend gesehen/ist er seer erschrocken/vñ wie
er also erstunet/do hat des Edelmans haupt so hinder dem
hag in neßlen lag/ angefangen zu schreyen vñ geseit/O pri
ester Gottes/ O min herr verachtend min als eins sünders
bit nit/ sonder durch vereerung willen der heiligisten vnnd
rümwirdigisten magt Marie/wellend mir bycht hören/dan
min Seel wurd vß diser marternot nit abscheiden/ sy werde
dann zuuor bewart mit dem Lyb Christi/ Damit Gottes
herren wort erfult werde als er spricht/Jch wird tödten vnd
wider lebendig machen/Jch wurd verwunden vnd wider hei
len/ Der glückselig priester ist abgestanden von sim roß/ist
hinzu gangen/ hat das haupt gesucht vnd wider zum Cör
pel geleit/vnd jm bycht gehört/ vnd wie er jn der bicht ver
standen/das er ein übermäßlicher Sünder gewesen/hat Er
jn gefragt/warmit er doch dise gnad verdient hab/Do hat
er jm die obgemelt geschicht erzelt/wie er nit von Marie der
Mutter Gottes wegen/ sonder der geselschafft zu lieb die
Cappell zu den Einsydlen besucht vnd alda mit wenig wor
ten/wie obgemelt/von der Lobrichen magt Maria so grosse
gnad erworben hab/Vnd hat den priester gebetten/ das er
dise

Zu den Einsydlen.

dise geschicht an der Wallftat zu den Einsydlen offenbaren welt / damit die Sünder deft inbrünftiger alda die Heilig mage Mariam Eretend / hat darby anzeigt / das er hiemit (als vorftat) nit alley die gnad erworben / fonder auch das ewig leben on pingung des fegfewers durch dise wenige dienftbarkeit verdient hab / vff das hat jn der Priefter mit allen Sacramenten verfehen / in gegenwirtigkeit viler men= fchen. Do ift fin Seel von jm abgefcheiden vnd im friden Gottes zu rüwen kommen.   Alfo ift der Priefter felbs an die Wallftatt zu den Einsydlen kommen / vnd hat alle Ge= fchicht (wie hieuor befchriben ift) Ordentlich erzelt.

Wie Ein Tütfcher Kauffman gefangen lag in Franckrich / der fich zu vnfer lieben Frou= wen Cappell zu den Einsydlen verhieß / vnd wie jm die Mütter Gottes vß halff.

ES ift auch noch ein Mirackel zu min Johäfen des pfarr herrs zitten / gantz Lobwirdig gefchehen / Als der Kö= nig vß Franckrich vnd der König vß Engelland mit= einanderen Kriegten / was das Tütfch Landt dem König vß Engelland anhengig deshalben kein Tütfcher in Franck= rich wandlen dorft. Do hatt fich in denen zitten zugefuegt das ein Kauffman von Bafel mit köftlich kauffmanfchafft heimlich in Franckrich zoch / vnd gab fich für ein Frantzofen vß / dann er jr spraach wol kundt / Er ward aber durch heim= liche boshafftige Spächer verkündfchafftet vnd einem Rit= ter gefencklich überantwurtet / der nam jm nit alley fin güt / fonder er was auch vorhabens jnne mit allerley marterung

zu

zu pinigen / wie dann durch gemeine Landtsrüeff erkent/
vnd sollich zum todt verurtheilt warend. Der Ritter ließ
jnne in ein Schloß füren / das mit zweyen grossen weyeren
vmbgeben / vnd legt jnne in ein tieffen thurn mit ysenen ket
tenen an sine armen vnnd fües verwart vnnd wolt jnne am
nachvolgenden morgen voltern vnd marteren lon. Do nu
der Kauffman aller menschen hilff vnd trosts beroubt was
nam er sin zuflucht zu Mariam der Mutter der barmhertzig
keit/ vnd befalch sich jren mit grossem andacht/ weinenden
augen/ vnd bekummertem hertzen/ vnd spraach / O aller gü
tigeste Mutter vnd allerlüchtbariste magt / du weist das ich
durch min kauffmansgewerb den ich mit redlichen sachen
überkommen/ jetz in dise not gebracht bin vnd vff morn min
blut vnschuldigklich (wie auch din eingeborner Son) wirde
müessen vergiessen. Ich bit dich vnd rueff dich an jetz in
minen nöten/ das du mich wollest erretten vß meiner feinden
handen/ das ich dich on einichen verzug in diner Cappell zu
den Einsydlen (die dir durch dinen Son gewicht ist worden)
andechtigklich möge heimsuchen/ vnd din lob daselbst vß
künden/ vn wie er solches geredt/ do ist ein Königkliche magt
wunder schön mit einer guldener kron vff jrem haupt be
krönt jme erschinen / vnd zu jm gesprochen / Stand vff min
geliebter / dann vmb liebhabung willen mines Saals / nam
lich miner Cappel zu den Einsydlen/ wil ich dich erledigen.
Hiemit hat jm die Himlisch Königin jr hand gebotten / vnd
jm alle ysene band als werends ein lucker faden vffgelöst/ vn
jnne dreyer gemachen hoch vß dem tieffen thurn gefuert/
welches die thurn hüeter selbs gesehen (sy warend aber erstu
nt) vnd hat jn troches fueß nit über die bruggen / sonder ü
ber die weier die das Schloß vmbgaben gefuert/ vnnd zu jm
gesprochen/ Nun zuch hin on sorg/ die dich gefangen vn
in banden gehalten/ die hab ich jetz gefangen / vnnd wil sy
auch also behalten / vnd nit vßlassen biß du an din gewarsa
me

Von den wunderwercken /
me kumpst. Also hatt diſer kauffman ſiner gelüpt ſtatt ge
thon /vnd alle geſchicht wie oben erzelt ordenlich anzeigt.

Wie Einer vß der Graffſchafft Baden Ja= cob Loubi genant/durch der Mütter Got= tes hilff / deren Walſtatt zu den Einſydlen er vil jar beſucht vß ſchwerer gefencknus kam.

Anno Domini 1534/ Als gemein Eydtgnoſſen ein Tag
ſatzung zu Baden leiſtetend / Lies Abbt Gallus von
S. Bleſi vor der acht Orten botten denen die Graff=
ſchafft Baden zugehörig klagen /wie einer jrer vnderthanen
vß derſelbigen Graffſchafft Baden Jacob Loubi genant/
(der ein man by Lr/ jaren alters)jnne dem Abbt von etwas
vnbefuegter anſpraachen wegen abgeſagt/vnd vnderſtan=
den ſchaden zu zefuegen/das jm beſchwerlich were/Wie nun
der Acht Orten botten ſolichs bericht/ wolten ſy ſollichs nit
geſtatten/vnd befälend jrem Landtvogt zu Baden Herrn
Gilg Tſkudi von Glaris / den gemelten Jacob Loubi zube=
fangen / vnd durch den nachrichter ernſtlich zupinigen vnd
an ſinem Leben zuſtraffen/von des groſſen freuels wegen/
Alſo ward er angentz gefangen/ vnd diewyl andere mißthe=
ter jm thurn lagind/ ward er in das ſtübli im Schloß an ein
ſtarck armyſen gelegt/vnd das Stübli mit ſtarcken marmel
ſchloſſen vſſerhalb verwart/Vnd wie nun am morgen fruy/
wie der tag anbrach / der Nachrichter berüefft was jnne ze=
gichtigen / auch der obgemelte Herr Landtvogt ſampt Vr=
ſen Hoffman vndervogt/ Caſpar Bodmar der elter Landt=
ſchriber/vnd die amptknecht beyeinanderen/ Thett man die
ſchlos am ſtübli vff den gefangnen Loubi haruß zenemen/
vnd zemarteren nach der Eydgnoſſen botten befelch. Do
K   man

Von den Wunderwercken/

man nun die schloß vffgethet / do mocht man die Stuben=
thur nit vffbringen/vnd was verspert /dann die thür hat in
nert ein starcken ysenen rigel/den hat Jacob Loubi wie Er
ledig worden fürgestossen/ Man rufft jm vssert an der thur
er solt vff thun/ dann man meint die bissen an der armkette
nen were nit wol versorgt vnd ingeschlagen gesin/vnd ledig
worden/vnd hette er den Rigel also ledig fürgestossen / wie
er zur stüben thür nit vsser kommen mögen / von wegen der
vsseren schlossen.Was man jm aber rufft wolt niemand ant
wort geben. Do besorgt man Er hette sich selbs im stübli
vmbracht/dann niemand kam zusinne das er zum fenster vß
gefallen solt sin/ den sorgklichen hohen faal / vnnd als man
nun starcke hebysen beschickt/vnd die thür mit gewalt vff=
brach/do was der gefangen nit vorhanden vnnd steckt die
bissen der kettenen starck in der wand innert dem kemmerlin
am Stübli/wie sy hinin geschlagen was / vnd warend noch
fünff ring von der kettenen an der bissen/ die überig kette=
nen (die noch lang was) sampt dem armysen was alles hin=
weg. Man besach den vssersten ring der noch an der bissen
hanget/vn gebrochen was/ob er vffgefilet were/oder vilicht
ein alter bruch alda gesin were/do was es nit gefilet/vnd ein
offenbarer neuwer schinbarer bruch durch das gantz ysen/
Man besach den offen/ob er vilicht zum offen hinus gebroch
en were/nach erledigung der kettenen / Aber der offen was
gantz / Do marckten sy wol das er müßt zum fenster vß gefal-
len sin/das doch ein seer hoher fal was/zu dem das er erstlich
vff ein herten ruhen felsen / vnnd ab dem felsen in die Lim=
mat hat fallen müssen / do es (wo nit Gott vnd sin wirdige
mütter hilff gethon)vnmuglich das einer bim leben het mö=
gen bliben.Vnd kam dem Landtvogt vnd den anderen nict
anders zusinne / dann er wurd ertruncken sin/dan man fand
sin hüt in den fischfachen by den kleinen Bederen / aber sinn
lyb fand man nit/vnd meint man er wer durchnider verrun
nen

nen/ Vnd wie man sich nun keins anderen versach/dan das
er hette den todtfall vff dem felsen (der haldachtig ist)geno
men / vnd were demnach im wasser ersoffen. Do schickt der
selb Jacob Loubi am vierten tag darnach den Herren gesan
ten botten von den Acht Orten(so noch domaln' zu Baden
by einanderen in der leistender tagsatzung warend)ein bycht
brieff von Doctor Wendelin zu den Einsydlen/ wie er jm al
da gebichtet hab / vnd mit einer kettenen am arm daselbst
hin kommen were/ vnd anzeigt wie es jm ergangen/ Sampt
einer Supplication vm Gottes vnd siner lieben mutter willen(die jm vß der gefencknus geholffen)bittende das man
jm sin mißthat vnd freuel verzyhen welt/ dann er sonst nie
kein mißthat begangen / vnd bat vmb gleit vnd sicherheit/
für sy zukeren /so wolt er selbs erschinen vnd sy berichten/wie
jm die wirdige mutter Gottes vß der gefencknus geholffen/
Das gleit ward jm vergund / Also erschin er personlich vor
den Herren Sandtbotten der Acht Orten / vnnd zeigt an
erstlich/warumb er dem Herren Abbt von sant Blesi vß thor
heit abgesägt von wegen siner zuspruch/ vnd wie er nun der
sach halb zu Baden gefangen/ sig er in grossem kummer vñ
sorgen gewesen/vñ sich versehen/man wurd jn mit marterñg
vnd auch am leben straaffen/Deshalben er in der nacht wei
nende die wirdig mutter Gottes magt Mariam deren wal
stat zu den Einsydlen er ein lange zit jerlich heimgesucht)vm
fürbit hilff vnd rettung angerüfft vnd innigklich gebetten
mit vorhabens jr Walstat zu den Einsydlen in jrer Cappel
heimzesuchen / vnd in solcher anligender kummerug sig er
entschlaffen /da duncket jn im schlaff als in eim trouw/wie
ein wyßkleite lüchtende Frouw vor jm stuende / vnnd zu jm
sagte/ standt vff gang hinweg du bist ledig / An solchem
troum syg er erwacht / da seyg er ledig gesin / vnd die kettenen jm am arm gehanget/Do hab er von stund an gedacht
das jnn die mutter Gottes gelediget hab zur stubenthür

hinuß wellen/da fige fy vfferhalb verfchloffen gefin/ In fol=
licher finer angft als er zur ftubenthur nit hinvß kommen
mögen/hab er den rigel jnnert am ftübli von förchten fürge=
ftoffen. Do hey er gedacht diewyl jm die Mutter Gottes
ab der kettenen geholffen/fo werd fy jm auch fürer daruon
helffen/vnd fig alfo zum Fenfter hinuß vff der Mutter Got=
tes hilff lich vertrewen gefallen vff den herten felfen/vnnd
darnach ins waffer hinab/das er nie kein wee dauon empfun=
den/vñ fig im hinußfallen nit fo befint gewefen/das er das
fchwer armyfen vñ kettenen ab dem arm gethon/dergliche=
hütt vñd anders fo jm im fallen übel hinderen mögen/hab
alfo das armyfen vnd kettenen am arm bliben laffen/dann
jm fo not gewefen/das er nie gedacht follichs von jm zule=
gen. Alfo fig jm vom fall vnd waffer nie kein leyd gefchehen
dann das er den hütt ab dem hopt verloren/Vnd fey er rich=
tigs da dannen zu vnfer lieben frouwen Walftat zu den Ein=
fydlen in jr Cappell zogen/vnd biß dahin die ketten vnd arm
band nie ab dem arm gethon/dafelbft hab er gereüwet vnd
gebychtet fine Sünd/vnd vff das die kettenen vñd armyfen
abgethon/vnd ober vnfer Lieben Frouwen Cappellen thü=
ren hencken laffen. Vnd diewyl jm dann Gott vnd finn
Liebe Mutter daruon geholffen/bat er das man jm auch
alda gnad vnd verzychung bewyfen welt. Wie er nun vß=
geftund/vnd darüber geradtfchlaget ward von den Herren
Botten/was die anfrag an einem N. der Riedt/Diewyl jn
Gott vñd fin Liebe Mutter daruon geholffen/fo wolt er jm
nitt enthelffen/fonder jm auch verzyhen/vnd im Land wo=
nen laffen on entgeltnus/doch das er fchwere finer abfag ab
zuftan. Das ward einhellig zemeer/wiewol man sonft
in der Religion vmb die walfert vnd fürbit der Heiligen der
zyt nit glich gefinnet/mit den altgloubigen Fünff Catho=
lifchen Orten was. Vnd wie mans Herren Abbt Galuffen
von S. Blefi zufchrib/was er der fach auch wol zefriden/dan
                                                        Er

Zu den Einſydlen.

Er ein gütiger Herr was. Die Kettenen vnd armyſen hangend noch ob der thür vnſer Lieben Frouwen Cappel zu den Einſydlen zu ewiger gedechtnus. Vnd hat die wirdige Mutter Gottes jr ſchinbare hilff erzeigt / als ſich wol erſchinen / diewyl er das ſchwer armyſen im fallen an den armen behalten / vnd jm von dem ſchweren fall nichts geſchehen / Die kettenen on ſin zuthun zerbrochen / vnd damit nit argwon / als ob jm ſonſt ettwar zur Stüben vnnd Schloß thür durch falſche pratick vßgelaſſen iſt die ſtuben innert verrigelt erfunden worden / wie die Amptlüt all geſehen.

Gott ſyge lob Eher vnd danck ſagung vnnd Marie der Gottes gebererin auch gnad erwerberin.

Getruckt zu Friburg im Brißgaw/

Durch Steffan Graff/

Anno Domini.

1 5 6 7.

ipſe hāc a domino gratiam meruit ut latine atqz barbarice

no notitiam no paruam ha be ret Qui ho

ratione aium rer gaſius cepit populo uiā ueritatis oſ. R

luia. In q.u.a. exordia cui fuit adminiſtratio adiutorio indicauit

municare laudare uehemēti z ſuo ſpoſiti tur no poſſit ūſa